U0146814

名家文学典藏

像丁香一样的姑娘

戴望舒经典诗选

戴望舒　著

图书在版编目（CIP）数据

像丁香一样的姑娘：戴望舒经典诗选 / 戴望舒著. — 重庆：重庆出版社, 2023.8
ISBN 978-7-229-17404-0

Ⅰ. ①像… Ⅱ. ①戴… Ⅲ. ①诗集 – 中国 – 现代
Ⅳ. ①I226

中国版本图书馆CIP数据核字（2022）第251766号

像丁香一样的姑娘：戴望舒经典诗选
XIANG DINGXIANG YIYANG DE GUNIANG:
DAIWANGSHU JINGDIAN SHIXUAN
戴望舒 著

责任编辑：杨秀英
责任校对：刘小燕
封面设计：张合涛

重庆出版集团
重庆出版社 **出版**

重庆市南岸区南滨路162号1幢　邮政编码：400061　http://www.cqph.com
天津融正印刷有限公司印刷
重庆出版集团图书发行有限公司发行
E-MAIL：fxchu@cqph.com　邮购电话：023-61520417
全国新华书店经销

开本：880mm×1230mm　1/32　印张：8.5　字数：150千字
2023年11月第1版　2023年11月第1次印刷
ISBN 978-7-229-17404-0
定价：48.00元

如有印装质量问题，请向本集团图书发行有限公司调换：023-61520417

目录

Contents

我的记忆

望舒草

灾难的岁月

恶之花

洛尔迦诗抄

西茉纳集

其他经典译诗选录

附录

我的记忆

夕阳下

晚云在暮天上散锦，
溪水在残日里流金；
我瘦长的影子飘在地上，
像山间古树底寂寞的幽灵。

远山啼哭得紫了，
哀悼着白日的长终；
落叶却飞舞欢迎
幽夜的衣角，那一片清风。

荒冢里流出幽古的芬芳，
在老树枝头把蝙蝠迷上，
它们缠线琐细的私语
在晚烟中低低地回荡。

幽夜偷偷地从天末归来，

我独自还恋恋地徘徊；

在这寂莫的心间，我是

消隐了忧愁，消隐了欢快。

雨巷

撑着油纸伞，独自
彷徨在悠长，悠长
又寂寥的雨巷，
我希望逢着
一个丁香一样的
结着愁怨的姑娘。

她是有
丁香一样的颜色，
丁香一样的芬芳，
丁香一样的忧愁，
在雨中哀怨，
哀怨又彷徨；

她彷徨在这寂寥的雨巷，

撑着油纸伞

像我一样，

像我一样地

默默彳亍着，

冷漠，凄清，又惆怅。

她静默地走近

走近，又投出

太息一般的眼光，

她飘过

像梦一般的，

像梦一般的凄婉迷茫。

像梦中飘过

一枝丁香地，

我身旁飘过这女郎；

她静默地远了，远了，

到了颓圮的篱墙，

走尽这雨巷。

在雨的哀曲里，

消了她的颜色，

散了她的芬芳，

消散了，甚至她的

太息般的眼光，

丁香般的惆怅。

撑着油纸伞，独自

彷徨在悠长，悠长

又寂寥的雨巷，

我希望飘过

一个丁香一样的

结着愁怨的姑娘。

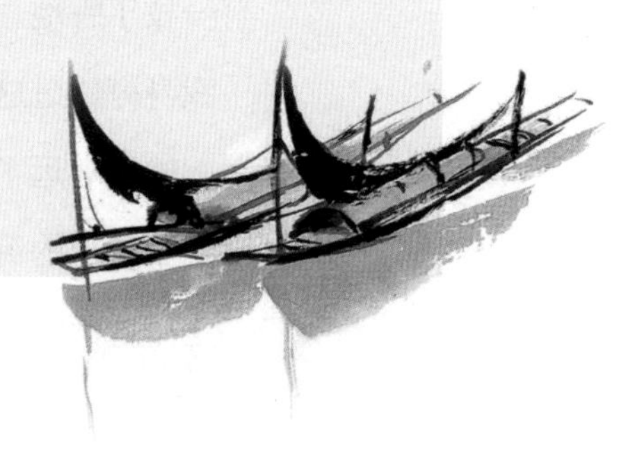

我的记忆

我的记忆是忠实于我的，
忠实甚于我最好的友人。

它生存在燃着的烟卷上，
它生存在绘着百合花的笔杆上，
它生存在破旧的粉盒上，
它生存在颓垣的木莓上，
它生存在喝了一半的酒瓶上，
在撕碎的往日的诗稿上，在压干的花片上，
在凄暗的灯上，在平静的水上，
在一切有灵魂没有灵魂的东西上，
它在到处生存着，像我在这世界一样。

它是胆小的，它怕着人们的喧嚣，
但在寂寥时，它便对我来作密切的拜访。

它的声音是低微的，

但它的话却很长，很长，

很长，很琐碎，而且永远不肯休：

它的话是古旧的，老讲着同样的故事，

它的音调是和谐的，老唱着同样的曲子，

有时它还模仿着爱娇的少女的声音，

它的声音是没有气力的，

而且还挟着眼泪，夹着太息。

它的拜访是没有一定的，

在任何时间，在任何地点，

时常当我已上床，朦胧地想睡了；

或是选一个大清早，

人们会说它没有礼貌，

但是我们是老朋友。

它是琐琐地永远不肯休止的，

除非我凄凄地哭了，

或者沉沉地睡了。

但是我永远不讨厌它，

因为它是忠实于我的。

寒风中闻雀声

枯枝在寒风里悲叹，
死叶在大道上萎残；
雀儿在高唱薤露歌，
一半儿是自伤自感。
大道上是寂寞凄清，
高楼上是悄悄无声，
只有那孤零的雀儿，
伴着孤零的少年人。
寒风已吹老了树叶，
更吹老少年的华鬓，
又复在他的愁怀里，
将一丝的温馨吹尽。
唱啊，同情的雀儿，
唱破我芬芳的梦境；
吹罢，无情的风儿，
吹断我飘摇的微命。

自家伤感

怀着热望来相见，

冀希从头细说，

偏你冷冷无言；

我只合踏着残叶

远去了，自家伤感。

希望今又成虚，

且消受终天长怨。

看风里的蜘蛛，

又可怜地飘断，

这一缕零丝残绪。

秋天的梦

迢遥的牧女的羊铃，
摇落了轻的树叶。

秋天的梦是轻的，
那是窈窕的牧女之恋。

于是我的梦静静地来了，
但却载着沉重的昔日。

哦，现在，我有一些寒冷，
一些寒冷，和一些忧郁。

闻曼陀铃

从水上飘起的，春夜的曼陀铃，
你咽怨的亡魂，孤寂又缠绵，
你在哭你的旧时情？

你徘徊到我的窗边，
寻不到昔日的芬芳，
你惆怅地哭泣到花间。

你凄婉地又重进我的纱窗，
还想寻些坠鬟的珠屑——
啊，你又失望地咽泪去他方。

你依依地又来到我耳边低泣；
啼着那颓唐哀怨之音；
然后，懒懒地，到梦水间消歇。

生涯

泪珠儿已抛残，

只剩了悲思。

无情的百合啊，

你明丽的花枝。

你太娟好，太轻盈，

使我难吻你娇唇。

人间伴我惟孤苦，

白昼给我是寂寥；

只有那甜甜的梦儿

慰我在深宵：

我希望长睡沉沉，

长在那梦里温存。

可是清晨我醒来

在枕边找到了悲哀：

欢乐只是一幻梦，

孤苦却待我生涯！

我暗把泪珠哽咽，

我又生活了一天。

泪珠儿已抛残，

悲思偏无尽，

啊，我生命的慰安！

我屏营待你垂悯：

在这世间寂寂，

朝朝只有呜咽。

流浪人的夜歌

残月是已死美人，
在山头哭泣嘤嘤，
哭她细弱的魂灵。
怪枭在幽谷悲鸣，
饥狼在嘲笑声声，
在那莽莽的荒坟。
此地黑暗的占领，
恐怖在统治人群，
幽夜茫茫地不明。
来到此地泪盈盈，
我是漂泊的孤身，
我要与残月同沉。

凝泪出门

昏昏的灯，

溟溟的雨，

沉沉的未晓天；

凄凉的情绪，

将我的愁怀占住。

凄绝的寂静中，

你还酣睡未醒；

我无奈踯躅徘徊，

独自凝泪出门；

啊，我已够伤心。

清冷的街灯，

照着车儿前进；

在我的胸怀里，

我是失去了欢欣，

愁苦已来临。

可知

可知怎的旧时的欢乐
到回忆都变作悲哀，
在月暗灯昏的时候
重重地兜上心来，
　　啊，我的欢爱！
为了召集惟有愁和苦
朝朝的难遣难排，
恐惧以后无欢日，
愈觉得旧时难再，
　　啊，我的欢爱！
可是只要你能爱我深，

只要你深情不改，
这今日的悲哀，
会变作来朝的欢快，
　　啊，我的欢爱！
否则悲苦难排解，
幽暗重重向我来，
我将含怨沉沉睡，
睡在那碧草青苔，
　　啊，我的欢爱！

静夜

像侵晓蔷薇的蓓蕾
含着晶耀的香露，
你盈盈地低泣，低着头，
你在我心头开了烦忧路。

你哭泣嘤嘤地不停，
我心头反复地不宁：
这烦忧是从何处生
使你坠泪，又使我伤心？

停了泪儿啊，请莫悲伤，
且把那原因细讲，
在这幽夜沉寂又微凉，
人静了，这正是时光。

山行

见了你朝霞的颜色，
便感到我落月的沉哀，
却似晓天的云片，
烦怨飘上我心来。

可是不听你啼鸟的娇音，
我就要像流水的呜咽，
却似凝露的山花，
我不禁地泪珠盈睫。

我们彳亍在微茫的山径，
让梦香吹上了征衣，
和那朝霞，和那啼鸟，
和你不尽的缠绵意。

残花的泪

寂寞的古园中，

明月照幽素，

一枝凄艳的残花

对着蝴蝶泣诉：

我的娇丽已残，

我的芳时已过，

今宵我流着香泪，

明朝会萎谢尘土。

我的旖艳与温馨，

我的生命与青春

都已为你所有，

都已为你消受尽！

你旧日的蜜意柔情，

如今已抛向何处？

看见我憔悴的颜色，
你啊，你默默无语！

你会把我孤凉地抛下，
独自蹁跹地飞去，
又飞到别枝春花上，
依依地将她恋住。

明朝晓日来时
小鸟将为我唱薤露歌；
你啊，你不会眷顾旧情
到此地来凭吊我！

十四行

微雨飘落在你披散的鬓边，

像小珠碎落在青色的海带草间

或是死鱼漂翻在浪波上，

闪出神秘又凄切的幽光。

诱着又带着我青色的灵魂

到爱和死的梦的王国中睡眠，

那里有金色的空气和紫色的太阳，

那里可怜的生物将欢乐的眼泪流到胸膛；

就像一只黑色的衰老的瘦猫，

在幽光中我憔悴又伸着懒腰，

流出我一切虚伪和真诚的骄傲；

然后，又跟着它踉跄在轻雾朦胧，

像淡红的酒沫飘在琥珀盅，

我将有情的眼泪藏在幽暗的记忆中。

不要这样盈盈地相看

不要这样盈盈地相看，
把你伤感的头儿垂倒，
静，听啊，远远地，在林里，
在死叶上的希望又醒了。

是一个昔日的希望，
它沉睡在林里已多年；
是一个缠绵烦琐的希望，
它早在遗忘里沉湮。

不要这样盈盈地相看，
把你伤感的头儿垂倒，
这一个昔日的希望，
它已被你惊醒了。

这是缠绵烦琐的希望，
如今已被你惊起了，

它又要依依地前来
将你与我烦扰。

不要这样盈盈地相看，
把你伤感的头儿垂倒，
静，听啊，远远地，从林里，
惊醒的昔日的希望来了。

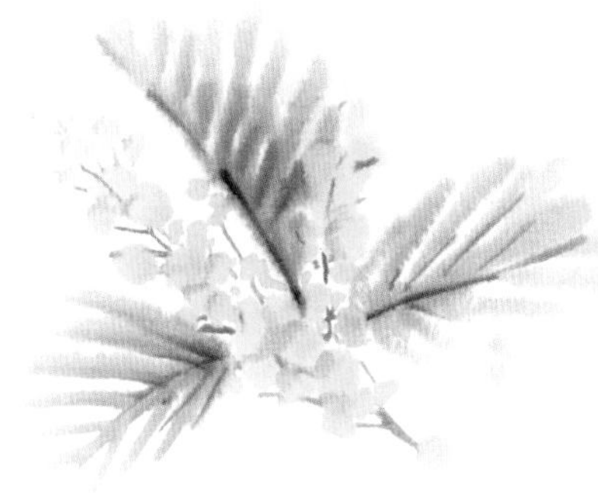

回了心儿吧

回了心儿吧，Ma chère ennemie[1]，

我从今不更来无端地烦恼你。

你看我啊，你看我伤碎的心，

我惨白的脸，我哭红的眼睛！

回来啊，来一抚我伤痕，

用盈盈的微笑或轻轻的一吻。

Aime un peu[2]！我把无主的灵魂付你：

这是我无上的愿望和最大的冀希。

回了心儿吧，我这样向你泣诉，

Un peu d’amour，pour moi，c’est déjà trop[3]！

---

① 法文，意为：亲爱的冤家。

② 法文，意为：给我一点爱！

③ 法文，意为：给我一点爱，对我来说已是太多了！

残叶之歌

男子

你看，湿了雨珠的残叶
静静地停在枝头，
（湿了泪珠的心儿
轻轻地贴在你的心头。）

它踌躇着怕那微风
吹它到缥缈的长空。

女子

你看，那小鸟恋过枝叶，
如今却要飘飞无迹。
（我的心儿和残叶一样，
你啊，忍心人，你要去他方。）

它可怜地等待着微风，
要依风去追逐爱的行踪。

男子

那么，你是叶儿，我是那微风，

我曾爱你在枝上，也爱你在街中。

女子

来吧，你把你微风吹起，

我将我残叶的生命还你。

林下的小语

走进幽暗的树林里，

人们在心头感到了寒冷，

亲爱的，在心头你也感到寒冷吗？

当你拥在我怀里

而且把你的唇粘着我的时候？

不要微笑，亲爱的，

啼泣一些是温柔的，

啼泣吧，亲爱的，啼泣在我的膝上，

在我的胸头，在我的颈边。

啼泣不是一个短促的欢乐。

“追随你到世界的尽头，”
你固执地这样说着吗？
你说得多傻！你去追天风吧！
我呢，我是比天风更轻，更轻，
是你永远追随不到的。

哦，不要请求我的心了！
它是我的，是只属于我的。
什么是我们的恋爱的纪念吗？
拿去吧，亲爱的，拿去吧，
这沉哀，这绛色的沉哀。

哦，不要请求我的无用心了！
你到山上去觅珊瑚吧，
你到海底去觅花枝吧；
什么是我们的好时光的纪念吗？
在这里，亲爱的，在这里，
这沉哀的，这绛色的沉哀。

路上的小语

——给我吧，姑娘，那朵簪在你发上的

小小的青色的花，

它是会使我想起你的温柔来的。

——它是到处都可以找到的，

那边，你看，在树林下，在泉边，

而它又只会给你悲哀的记忆的。

——给我吧，姑娘，你的像花一样地燃着的，

像红宝石一样地晶耀着的嘴唇，

它会给我蜜的味，酒的味。

——不，它只有青色的橄榄的味，
和未熟的苹果的味，
而且是不给说谎的孩子的。

——给我吧，姑娘，那在你衫子下的
你的火一样的，十八岁的心，
那里是盛着天青色的爱情的。

——它是我的，是不给任何人的，
除非别人愿意把他自己的真诚地
来作一个交换，永恒地。

夜

夜是清爽而温暖，
飘过的风带着青春和爱的香味，
我的头是靠在你裸着的膝上，
你想微笑，而我却想啜泣。

温柔的是缢死在你的发丝上，
它是那么长，那么细，那么香；
但是我是怕着，那飘过的风
要把我们的青春带去。

我们只是被年海的波涛
挟着飘去的可怜的沉舟，
不要讲古旧的旖旎风光了，
纵然你有柔情，我有眼泪。

我是害怕那飘过的风，
那带去了别人的青春和爱的飘过的风，
它也会带去了我们的，
然后丝丝地吹入凋谢了的蔷薇花丛。

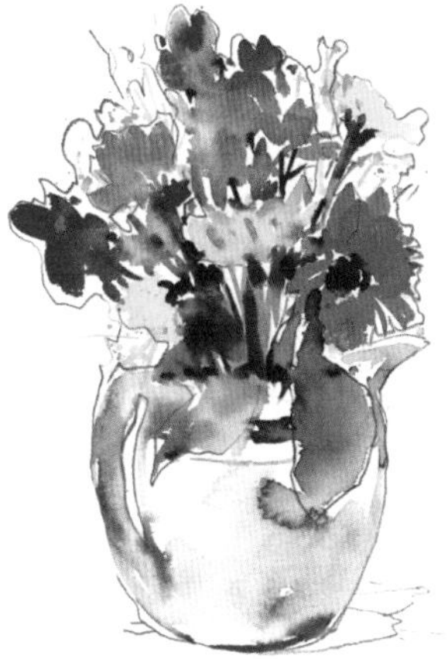

独自的时候

房里曾充满过清朗的笑声，

正如花园里充满过蔷薇；

人在满积着梦的灰尘中抽烟，

沉想着消逝了的音乐。

在心头飘来飘去的是什么啊，

像白云一样的无定，像白云一样的沉郁？

而且要对它说话也是徒然的，

正如人徒然向白云说话一样。

幽暗的房里耀着的只有光泽的木器，

独语着的烟斗也黯然缄默，

人在尘雾的空间描摹着惨白的裸体

和烧着人的火一样的眼睛。

为自己悲哀和为别人悲哀是一样的事，

虽然自己的梦是和别人的不同的，

但是我知道今天我是流过眼泪，

而从外边，寂静是悄悄地进来。

秋天

再过几日秋天是要来了，
默坐着，抽着陶器的烟斗，
我已隐隐听见它的歌吹
从江水的船帆上。

它是在奏着管弦乐：
这个使我想起做过的好梦；
从前我认它是好友是错了，
因为它带了忧愁来给我。

林间的猎角声是好听的，
在死叶上的漫步也是乐事，
但是，独身汉的心地我是很清楚的，
今天，我没有这闲雅的兴致。

我对它没有爱也没有恐惧，
你知道它所带来的东西的重量，
我是微笑着，安坐在我的窗前，
当飘风带点恐吓的口气来说：
　秋天来了，望舒先生！

对于天的怀乡病

怀乡病，怀乡病，

这或许是一切

有一张有些忧郁的脸，

一颗悲哀的心，

而且老是缄默着，

还抽着一只烟斗的

人们的生涯吧。

怀乡病，哦，我啊，

我也许是这类人之一吧，

我呢，我渴望着回返

到那个天，到那个如此青的天，

在那里我可以生活又死灭，

像在母亲的怀里，

一个孩子欢笑又啼泣。

我啊，我是一个怀乡病者

对于天的，对于那如此青的天的；

那里，我是可以安憩地睡眠，

没有半边头风，没有不眠之夜，

没有心的一切的烦恼，

这心，它，已不是属于我的，

而有人已把它抛弃了，

像人们抛弃了敝舄一样。

断指

在一口老旧的，满积着灰尘的书橱中，

我保存着一个浸在酒精瓶中的断指；

每当无聊地去翻寻古籍的时候，

它就含愁地勾起一个使我悲哀的记忆。

这是我一个已牺牲了的朋友的断指，

它是惨白的，枯瘦的，和我的友人一样；

时常萦系着我的，而且是很分明的，

是他将这断指交给我的时候的情景：

“替我保存这可笑可怜的恋爱的纪念吧，

在零落的生涯中，它是只能增加我的不幸。”

他的话是舒缓的，沉着的，像一个叹息，

而他的眼中似乎含有泪水，虽然微笑在脸上。

关于他“可笑可怜的恋爱”我可不知道，

我知道的只是他在一个工人家里被捕去；

随后是酷刑吧，随后是惨苦的牢狱吧，

随后是死刑吧，那等待着我们大家的死刑吧。

关于他“可笑可怜的恋爱”我可不知道，

他从未对我谈起过，即使在喝醉酒时。

但我猜想这一定是一段悲哀的事，

他隐藏着，他想使它随着截断的手指一同被遗忘了。

这断指上还染着油墨的痕迹，是赤色的，

是可爱的光辉的赤色的，

它很灿烂地在这截断的手指上，

正如他责备别人懦怯的目光在我心头一样。

这断指常带了轻微又黏着的悲哀给我，

但是这在我又是一件很有用的珍品，

当为了一件琐事而颓丧的时候，

我会说："好，让我拿出那个玻璃瓶来吧。"

望舒草

到我这里来

到我这里来，假如你还存在着，
全裸着，披散了你的发丝：
我将对你说那只有我们两人懂得的话。

我将对你说为什么蔷薇有金色的花瓣，
为什么你有温柔而馥郁的梦，
为什么锦葵会从我们的窗间探首进来。

人们不知道的一切我们都会深深了解，
除了我的手的颤动和你的心的奔跳；
不要怕我发着异样的光的眼睛，
向我来：你将在我的臂间找到舒适的卧榻。

可是，啊，你是不存在着了，
虽则你的记忆还使我温柔地颤动，
而我是徒然地等着你，每一个傍晚，
在菩提树下，沉思地，抽着烟。

烦忧

说是寂寞的秋的清愁，

说是辽远的海的相思。

假如有人问我的烦忧，

我不敢说出你的名字。

我不敢说出你的名字，

假如有人问我的烦忧：

说是辽远的海的相思，

说是寂寞的秋的清愁。

八重子

八重子是永远地忧郁着的，
我怕她会郁瘦了她的青春。
是的，我为她的健康挂虑着，
尤其是为她的沉思的眸子。

发的香味是簪着辽远的恋情，
辽远到要使人流泪；
但是要使她欢喜，我只能微笑，
只能像幸福者一样地微笑。

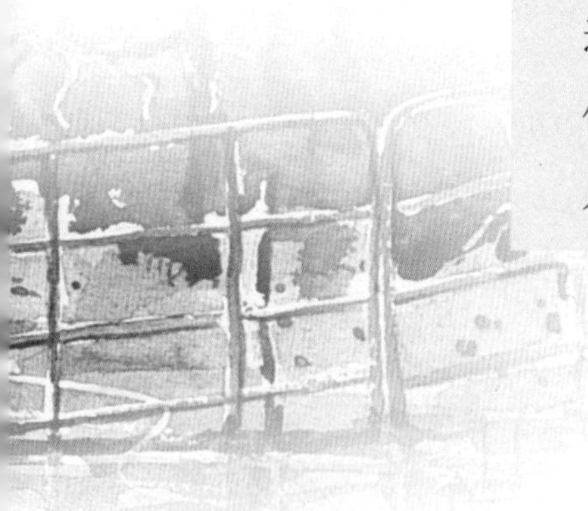

因为我要使她忘记她的孤寂，

忘记萦系着她的渺茫的乡思，

我要使她忘记她在走着

无尽的、寂寞的、凄凉的路。

而且在她的唇上，我要为她祝福，

为我的永远忧郁着的八重子，

我愿她永远有着意中人的脸，

春花的脸，和初恋的心。

百合子

百合子是怀乡病的可怜的患者，

因为她的家是在灿烂的樱花丛里的；

我们徒然有百尺的高楼和沉迷的香夜，

但温煦的阳光和朴素的木屋总常在她缅想中。

她度着寂寂的悠长的生涯，

她盈盈的眼睛茫然地望着远处；

人们说她冷漠的是错了，

因为她沉思的眼里是有着火焰。

她将使我为她而憔悴吗？
或许是的，但是谁能知道？
有时她向我微笑着，
而这忧郁的微笑使我也坠入怀乡病里。

她是冷漠的吗？不。
因为我们的眼睛是秘密地交谈着；
而她是醉一样地合上了她的眼睛的，
如果我轻轻地吻着她花一样的嘴唇。

梦都子[1]

——致霞村[2]

她有太多的蜜饯的心——

在她的手上，在她的唇上；

然后跟着口红，跟着指爪，

印在老绅士的颊上，

刻在醉少年的肩上。

我们是她年青的爸爸，诚然，

但也害怕我们的女儿到怀里来撒娇，

① 日本舞女名。

② 霞村即徐霞村，20世纪30年代中国新感觉派作家，外国文学翻译家。

因为在蜜饯的心以外，

她还有蜜饯的乳房，

而在撒娇之后，她还会放肆。

你的衬衣上已有了贯矢的心，

而我的指上又有了纸捻的约指，

如果我爱惜我的秀发，

那么你又该受那心愿的忤逆。

我的素描

辽远的国土的怀念者，

我，我是寂寞的生物。

假若把我自己描画出来，

那是一幅单纯的静物写生。

我是青春和衰老的集合体，

我有健康的身体和病的心。

在朋友间我有爽直的声名，

在恋爱上我是一个低能儿。

因为当一个少女开始爱我的时候，

我先就要栗然地惶恐。

我怕着温存的眼睛，

像怕初春青空的朝阳。

我是高大的，我有光辉的眼；

我用爽朗的声音恣意谈笑。

但在悒郁的时候，我是沉默的，

悒郁着，用我二十四岁的整个的心。

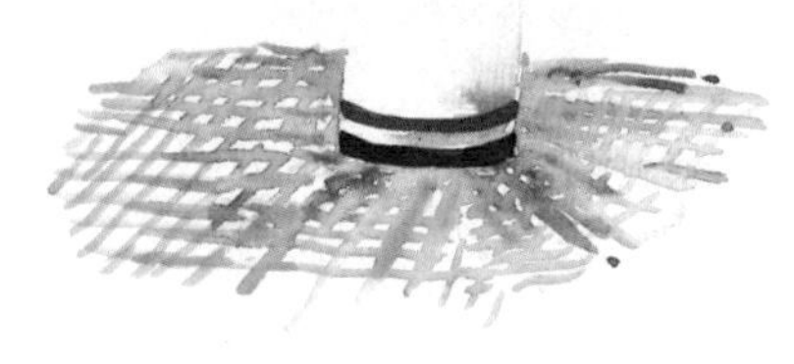

单恋者

我觉得我是在单恋着，

但是我不知道是恋着谁：

是一个在迷茫的烟水中的国王吗，

是一枝在静默中零落的花吗，

是一位我记不起的陌路丽人吗？

我不知道。

我知道的是我的胸膨胀着，

而我的心悸动着，像在初恋中。

在烦倦的时候，

我常是暗黑的街头的踯躅者，

我走遍了嚣嚷的酒场，

我不想回去，好像在寻找什么。

飘来一丝媚眼或是塞满一耳腻语，

那是常有的事。

但是我会低声说：

“不是你！”然后踉跄地又走向他处。

人们称我为“夜行人”，

尽便吧，这在我是一样的；

真的，我是一个寂寞的夜行人。

而且又是一个可怜的单恋者。

老之将至

我怕自己将慢慢地慢慢地老去，
随着那迟迟寂寂的时间，
而那每一个迟迟寂寂的时间，
是将重重地载着无量的怅惜的。

而在我坚而冷的圈椅中，在日暮，
我将看见，在我昏花的眼前
飘过那些模糊的暗淡的影子；
一片娇柔的微笑，一只纤纤的手，
几双燃着火焰的眼睛，
或是几点耀着珠光的眼泪。

是的，我将记不清楚了：
在我耳边低声软语着

“在最适当的地方放你的嘴唇”的，
是那樱花一般的樱子[1]吗？
那是茹丽萏[2]吗，飘着懒倦的眼！
望着她已卸了的锦缎的鞋子？……
这些，我将都记不清楚了，
因为我老了。

我说，我是担忧着怕老去，
怕这些记忆凋残了，
一片片地，像花一样；
只留着垂枯的枝条，孤独地。

---

① 樱子，日本妇女名。
② 茹丽萏，法语的音译，妇女名。此处用以指诗人心目中的美女。

秋天的梦

迢遥的牧女的羊铃，

摇落了轻的树叶。

秋天的梦是轻的，

那是窈窕的牧女之恋。

于是我的梦是静静地来了，

但却载着沉重的昔日。

唔，现在，我是有一些寒冷，

一些寒冷，和一些忧郁。

前夜

——一夜的纪念，呈呐鸥兄[1]

在斯登布尔[2]启碇的前夜，
托密[3]的衣袖变作了手帕，
她把眼泪和着唇脂拭在上面，
要为他壮行色，更加一点粉香。

明天会有太淡的烟和太淡的酒，
和磨不损的太坚固的时间，
而现在，她知道应该有怎样的忍耐：
托密已经醉了，而且疲倦得可怜。

这有橙花香味的南方的少年，
他不知道明天只能看见天和海——
或许在“家，甜蜜的家”里他会康健些，
但是他的温柔的亲戚却要更瘦，更瘦。

---

① 呐鸥，即刘呐鸥（1900—1939），作家。
② 斯登布尔，邮船名。
③ 托密是一日本舞女的绰号。

我的恋人

我将对你说我的恋人，

我的恋人是一个羞涩的人，

她是羞涩的，有着桃色的脸，

桃色的嘴唇，和一颗天青色的心。

她有黑色的大眼睛，

那不敢凝看我的黑色的大眼睛——

不是不敢，那是因为她是羞涩的，

而当我依在她胸头的时候，

你可以说她的眼睛是变换了颜色，

天青的颜色，她的心的颜色。

她有纤纤的手，

它会在我烦忧的时候安抚我，

她有清朗而爱娇的声音，

那是只向我说着温柔的，

温柔到销熔了我的心的话的。

她是一个静娴的少女，

她知道如何爱一个爱她的人，

但是我永远不能对你说她的名字，

因为她是一个羞涩的恋人。

村姑

村里的姑娘静静地走着，

提着她的蚀着青苔的水桶；

溅出来的冷水滴在她的跣足上，

而她的心是在泉边的柳树下。

这姑娘会静静地走到她的旧屋去，

那在一棵百年的冬青树荫下的旧屋，

而当她想到在泉边吻她的少年，

她会微笑着，抿起了她的嘴唇。

她将走到那古旧的木屋边，

她将在那里惊散了一群在啄食的瓦雀，

她将静静地走到厨房里，

又静静地把水桶放在干刍边。

她将帮助她的母亲造饭，

而从田间回来的父亲将坐在门槛上抽烟，

她将给猪圈里的猪喂食，

有将可爱的鸡赶进它们的窠里去。

在暮色中吃晚饭的时候，

她父亲会谈着今年的收成，

他或许会说到他的女儿的婚嫁，

而她便将羞怯地低下头去。

她的母亲或许会说她的懒惰，

（她打水的迟延便是一个好例子，）

但是她会不听到这些话，

因为她在想着那有点鲁莽的少年。

野宴

对岸青叶荫下的野餐，
只有百里香和野菊做伴，
河水已洗涤了碍人的礼仪，
白云遂成为飘动的天幕。

那里有木叶一般绿的薄荷酒，
和你所爱的芬芳的腊味，
但是这里有更可口的芦笋
和更新鲜的乳酪。

我的爱软的草的小姐，
你是知味的美食家：
先尝这开胃的饮料，
然后再试那丰盛的名菜。

三顶礼

引起寂寂的旅愁的，

翻着轻浪的暗暗的海，

我的恋人的发，

受我怀念的顶礼。

恋之色的夜合花，

佻㑌的夜合花，

我的恋人的眼，

受我沉醉的顶礼。

给我苦痛的螫的，

苦痛的但是快乐的螫的，

你小小的红翅的蜜蜂，

我的恋人的唇，

受我怨恨的顶礼。

二月

春天已在野菊的头上逡巡着了，

春天已在斑鸠的羽上逡巡着了，

春天已在青溪的藻上逡巡着了，

绿荫的林遂成为恋的众香国。

于是原野将听倦的谎话的交换，

而不载重的无邪的小草

将醉着温软的皓体的甜香；

于是，在暮色冥冥里，

我将听了最后一个游女的惋叹，

拈着一枝蒲公英缓缓地归去。

小病

从竹帘里漏进来的泥土的香，
在浅春的风里它几乎凝住了；
小病的人嘴里感到了莴苣的脆嫩，
于是遂有了家乡小园的神往。

小园里阳光是常在芸苔的花上吧，
细风是常在细腰蜂的翅上吧，
病人吃的莱菔的叶子许被虫蛀了，
而雨后的韭菜却许已有甜味的嫩芽了。

现在，我是害怕那使我脱发的饕餮了，
就是那滑腻的海鳗般美味的小食也得斋戒，
因为小病的身子在浅春的风里是软弱的，
况且我又神往于家园阳光下的莴苣。

款步（一）

这里是爱我们的苍翠的松树，

它曾经遮过你的羞涩和我的胆怯，

我们的这个同谋者是有一个好记性的，

现在，它还向我们说着旧话，但并不揶揄。

还有那多嘴的深草间的小溪，

我不知道它今天为什么缄默：

我不看见它，或许它已换一条路走了，

饶舌着，施施然绕着小村而去了。

这边是来做夏天的客人的闲花野草，
它们是穿着新装，像在婚筵里，
而且在微风里对我们作有礼貌的礼敬，
好像我们就是新婚夫妇。

我的小恋人，今天我不对你说草木的恋爱，
却让我们的眼睛静静地说我们自己的，
而且我要用我的舌头封住你的小嘴唇了，
如果你再说：我已闻到你的愿望的气味。

款步（二）

答应我绕过这些木栅，
去坐在江边的游椅上。
啮着沙岸的永远的波浪，
总会从你投出着的素足
撼动你抿紧的嘴唇的。
而这里，鲜红并寂静得
与你的嘴唇一样的枫林间，
虽然残秋的风还未来到，
但我已经从你的缄默里，
觉出了它的寒冷。

过时

说我是一个在怅惜着，
怅惜着好往日的少年吧，
我唱着我的崭新的小曲，
而你却揶揄：多么“过时”！

是呀，过时了，我的“单恋女”
都已经变作少妇或是母亲，
而我，我还可怜地年轻——
年轻？不吧，有点靠不住。

是呀，年轻时有点靠不住，
说我是有一点老了吧！
你只看我拿手杖的姿态，
它会告诉你一切，而我的眼睛亦然。

老实说，我是一个年轻了的老人了：
对于秋草秋风是太年轻了，
而对于春月春花却又太老。

有赠

谁曾为我束起许多花枝，
灿烂过又憔悴了的花枝？
谁曾为我穿起许多泪珠，
又倾落到梦里去的泪珠？

我认识你充满了怨恨的眼睛，
我知道你愿意缄在幽暗中的话语，
你引我到了一个梦中，
我却又在另一个梦中忘了你。

我的梦和我的遗忘中的人，
哦，受过我暗自祝福的人，
终日有意地灌溉着蔷薇，
我却无心地让寂寞的兰花愁谢。

游子谣

海上微风起来的时候，

暗水上开遍青色的蔷薇。

——游子的家园呢？

篱门是蜘蛛的家，

土墙是薜荔的家，

枝繁叶茂的果树是鸟雀的家。

游子却连乡愁也没有，

他沉浮在鲸鱼海蟒间：

让家园寂寞的花自开自落吧。

因为海上有青色的蔷薇，

游子要萦系他冷落的家园吗？

还有比蔷薇更清丽的旅伴呢。

清丽的小旅伴是更甜蜜的家园，

游子的乡愁在那里徘徊踯躅。

唔，永远沉浮在鲸鱼海蟒间吧。

秋蝇

木叶的红色，

木叶的黄色，

木叶的土灰色：

窗外的下午！

用一双无数的眼睛，

衰弱的苍蝇望得昏眩。

这样窒息的下午啊！

它无奈地搔着头搔着肚子。

木叶，木叶，木叶，

无边木叶萧萧下。

玻璃窗是寒冷的冰片了，

太阳只有苍茫的色泽。

巡回地散一次步吧！

它觉得它的脚软。

红色，黄色，土灰色，

昏眩的万花筒的图案啊！

迢遥的声音，古旧的，

大伽蓝的钟磬？天末的风？

苍蝇有点僵木，

这样沉重的翼翅啊！

飘下地，飘上天的木叶旋转着，

红色，黄色，土灰色的错杂的回轮。

无数的眼睛渐渐模糊，昏黑，

什么东西压到轻绡的翅上，

身子像木叶一般地轻，

载在巨鸟的翎翮上吗？

夜行者

这里他来了：夜行者！
冷清清的街道有沉着的跫音，
从黑茫茫的雾，
到黑茫茫的雾。

夜的最熟稔的朋友，
他知道它的一切琐碎，
那么熟稔，在它的熏陶中，
他染了它一切最古怪的脾气。

夜行者是最古怪的人。
你看他在黑夜里：
戴着黑色的毡帽，
迈着夜一样静的步子。

微辞

园子里蝶褪了粉蜂褪了黄，
则木叶下的安息是允许的吧，
然而好弄玩的女孩子是不肯休止的，
“你瞧我的眼睛，”她说，“它们恨你！”

女孩子有恨人的眼睛，我知道，
她还有不洁的指爪，
但是一点恬静和一点懒是需要的，
只瞧那新叶下静静的蜂蝶。

魔道者使用曼陀罗根或是枸杞，
而人却像花一般地顺从时序，
夜来香娇妍地开了一个整夜，
朝来送入温室一时能重鲜吗？

园子都已恬静，
蜂蝶睡在新叶下，
迟迟的永昼中，
无厌的女孩子也该休止。

少年行

是簪花的老人呢，

灰暗的篱笆披着茑萝；

旧曲在颤动的枝叶间死了，

新蜕的蝉用单调的生命赓续。

结客寻欢都成了后悔，

还要学少年的行蹊吗？

平静的天，平静的阳光下，

烂熟的果子平静地落下来了。

旅思

故乡芦花开的时候，
旅人的鞋跟染着征泥，
黏住了鞋跟，黏住了心的征泥，
几时经可爱的手拂拭？

栈石星饭的岁月，
骤山骤水的行程：
只有寂静中的促织声，
给旅人尝一点家乡的风味。

不寐

在沉静的音波中，

每个爱娇的影子

在眩晕的脑里

作瞬间的散步；

只是短促的瞬间，

然后列成桃色的队伍，

月移花影地淡然消溶，

飞机上的阅兵式。

掌心抵着炎热的前额，

腕上有急促的温息；

是那一宵的觉醒啊？

这种透过皮肤的温息。

让沉静的最高的音波，

来震破脆弱的耳膜吧。

窒息的白色的帐子，墙……

什么地方去喘一口气呢？

微笑

轻岚从远山飘开，

水蜘蛛在静水上徘徊；

说吧：无限意，无限意。

有人微笑，

一颗心开出花来，

有人微笑，

许多脸儿忧郁起来。

做定情之花带的点缀吧，

做迢遥之旅愁的凭借吧，

微温轻渺，欲说还休。

霜花

九月的霜花，

十月的霜花，

雾的娇女，

开到我鬓边来。

装点着秋叶，

你装点了单调的死，

雾的娇女，

来替我簪你素艳的花。

你还有珍珠的眼泪吗？

太阳已不复重燃死灰了。

我静观我鬓丝的零落，

于是我迎来你所装点的秋。

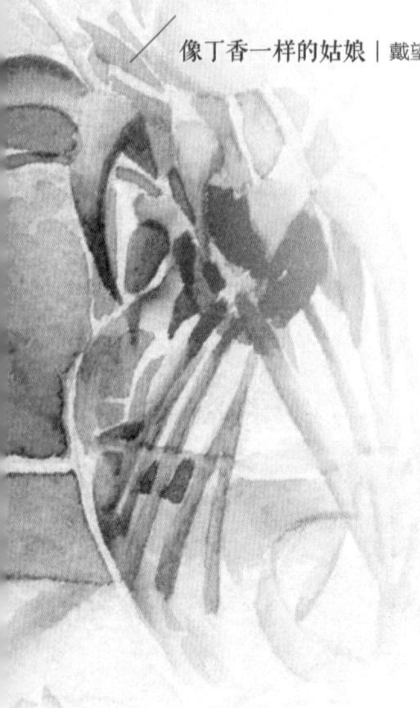

灯

灯守着我，劬劳地，
凝看我眸子中
有穿着古旧的节日衣衫的
欢乐儿童，
忧伤稚子，
像木马栏似的
转着，转着，永恒地……

而火焰的春阳下的树木般的
小小的爆裂声，
摇着我，摇着我，
柔和地。

美丽的节日萎谢了，

木马栏犹自转着，转着……

灯徒然怀着母亲的劬劳，

孩子们的彩衣已褪了颜色。

已矣哉！

采撷黑色大眼睛的凝视

去织最绮丽的梦网！

手指所触的地方：

火凝作冰焰，

花幻为枯枝。

灯守着我，让它守着我！

寻梦者

梦会开出花来的，

梦会开出娇妍的花来的：

去求无价的珍宝吧。

在青色的大海里，

在青色的大海的底里，

深藏着金色的贝一枚。

你去攀九年的冰山吧，

你去航九年的旱海吧，

然后你逢到那金色的贝。

它有天上的云雨声，

它有海上的风涛声，

它会使你的心沉醉。

把它在海水里养九年，

把它在天水里养九年，

然后，它在一个暗夜里开绽了。

当你鬓发斑斑了的时候，

当你眼睛朦胧了的时候，

金色的贝吐出桃色的珠。

把桃色的珠放在你怀里，

把桃色的珠放在你枕边，

于是一个梦静静地升上来了。

你的梦开出花来了，

你的梦开出娇妍的花来了，

在你已衰老了的时候。

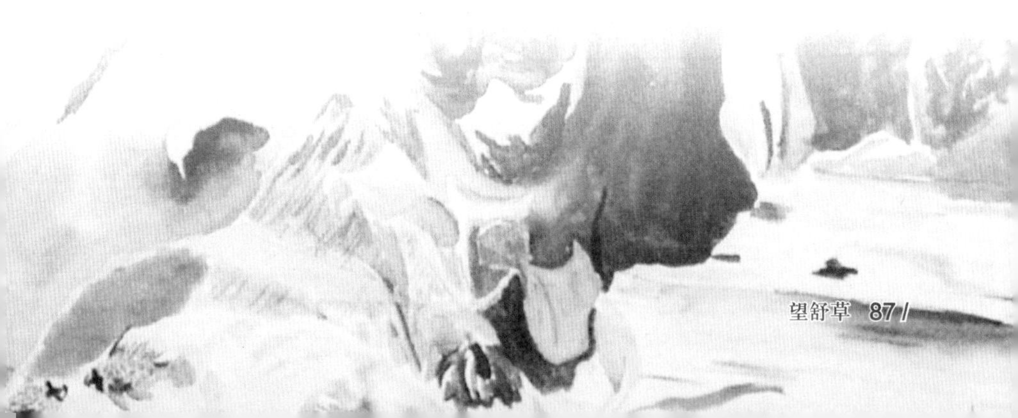

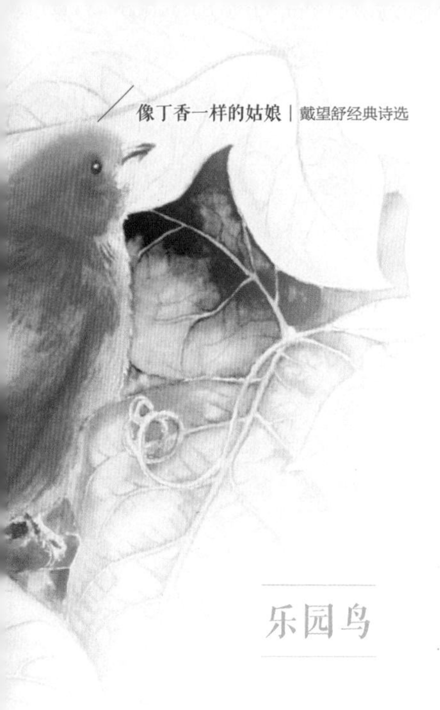

乐园鸟

飞着，飞着，春，夏，秋，冬，

昼，夜，没有休止，

华羽的乐园鸟，

这是幸福的云游呢，

这是永恒的苦役？

渴的时候也饮露，

饥的时候也饮露，

华羽的乐园鸟，

这是神仙的佳肴呢，

还是为了对于天的乡思？

是从乐园里来的呢，

还是到乐园里去的？

华羽的乐园鸟，

在茫茫的青空中，

也觉得你的路途寂寞吗？

假使你是从乐园里来的，

可以对我们说吗，

华羽的乐园鸟，

自从亚当、夏娃被逐后，

那天上的花园已荒芜到怎样了？

古神祠前

古神祠前逝去的，
暗暗的水上，
印着我多少的，
思量的轻轻的脚迹，
比长脚的水蜘蛛，
更轻更快的脚迹。

从苍翠的槐树叶上，
它轻轻地跃到
饱和了古愁的钟声的水上，
它掠过涟漪，踏过荇藻，
跨着小小的，小小的，
轻快的步子走。
然后，踌躇着，
生出了翼翅……

它飞上去了，

这小小的蜉蝣，

不，是蝴蝶，它翩翩飞舞，

在芦苇间，在红蓼花上；

它高升上去了，

化作一只云雀，

把清音撒到地上……

现在它是鹏鸟了，

在浮动的白云间，

在苍茫的青天上，

它展开翼翅慢慢地，

作九万里的翱翔，

前生和来世的逍遥游。

它盘旋着，孤独地，

在迢遥的云山上，

在人间世的边际；

长久地，固执到可怜。

终于，绝望地

它疾飞回到我心头

在那儿忧愁地蛰伏。

见毋忘我花

为你开的，

为我开的毋忘我花，

为了你的怀念，

为了我的怀念，

它在陌生的太阳下，

陌生的树林间，

谦卑地，悒郁地开着。

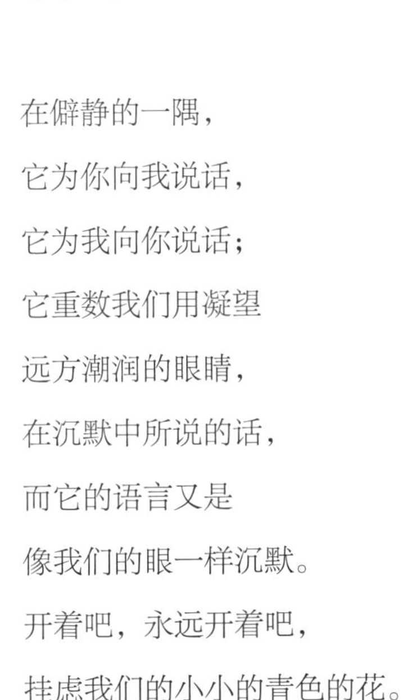

在僻静的一隅，

它为你向我说话，

它为我向你说话；

它重数我们用凝望

远方潮润的眼睛，

在沉默中所说的话，

而它的语言又是

像我们的眼一样沉默。

开着吧，永远开着吧，

挂虑我们的小小的青色的花。

深闭的园子

五月的园子
已花繁叶满了，
浓荫里却静无鸟喧。

小径已铺满苔藓，
而篱门的锁也锈了——
主人却在迢遥的太阳下。

在迢遥的太阳下，
也有璀璨的园林吗？

陌生人在篱边探首，
空想着天外的主人。

灾难的岁月

灯

士为知己者用，

故承恩的灯

遂做了恋的同谋人：

作憧憬之雾的

青色的灯，

作色情之屏的

桃色的灯。

因为我们知道爱灯，

如仁者乐山，智者乐水，

为供它的法眼的鉴赏

我们展开秘藏的风俗画：

灯却不笑人的风魔。

在灯的友爱的光里，

人走进了美容院；

千手千眼的技师，

替人匀着最宜雅的脂粉，

于是我们便目不暇给。

太阳只发着学究的教训，

而灯光却作着亲切的密语，

至于交头接耳的暗黑，

就是饕餮者的施主了。

古意答客问

孤心逐浮云之炫烨的卷舒，

惯看青空的眼喜侵阈的青芜。

你问我的欢乐何在？

——窗头明月枕边书。

侵晨看岚踯躅于山巅，

入夜听风琐语于花间。

你问我的灵魂安息于何处？

——看那袅绕地，袅绕地升上去的炊烟。

渴饮露，饥餐英；

鹿守我的梦，鸟祝我的醒。

你问我可有人间世的挂虑？

——听那消沉下去的百代之过客的跫音。

白蝴蝶

给什么智慧给我，

小小的白蝴蝶，

翻开了空白之页，

合上了空白之页？

翻开的书页：

寂寞；

合上的书页：

寂寞。

秋夜思

谁家动刀尺？
心也需要秋衣。

听鲛人的召唤，
听木叶的呼吸！
风从每一条脉络进来，
窃听心的枯裂之音。

诗人云：心即是琴。
谁听过那古旧的阳春白雪？
为真知的死者的慰藉，
有人已将它悬在树梢，
为天籁之凭托——
但曾一度谛听的飘逝之音。

而断裂的吴丝蜀桐，
仅使人从弦柱间思忆华年。

小曲

啼倦的鸟藏喙在彩翎间，
音的小灵魂向何处翩跹？
老去的花一瓣瓣委尘土，
香的小灵魂在何处流连？

它们不能在地狱里，不能，
这那么好，那么好的灵魂！
那么是在天堂，在乐园里？
摇摇头，圣彼得可也否认。

没有人知道在哪里，没有，

诗人却微笑而三缄其口：

有什么东西在调和氤氲，

在他的心的永恒的宇宙。

眼

在你的眼睛的微光下，

迢遥的潮汐升涨：

玉的珠贝，

青铜的海藻……

千万尾飞鱼的翅，

剪碎分而复合的

顽强的渊深的水。

无渚崖的水，

暗青色的水！

在什么经纬度上的海中，

我投身又沉溺在

以太阳之灵照射的诸太阳间，

以月亮之灵映光的诸月亮间，

以星辰之灵闪烁的诸星辰间？

于是我是彗星，

有我的手，

有我的眼，

并尤其有我的心。

我晞曝于你的眼睛的

苍茫朦胧的微光中，

并在你上面，

在你的太空的镜子中

鉴照我自己的

透明而畏寒的

火的影子，

死去或冰冻的火的影子。

我伸长，我转着，

我永恒地转着，

在你永恒的周围

并在你之中……

我是从天上奔流到海，

从海奔流到天上的江河，

我是你每一条动脉，

每一条静脉，

每一个微血管中的血液，

我是你的睫毛

（它们也同样在你的

眼睛的镜子里顾影）

是的，你的睫毛，你的睫毛，

而我是你，

因而我是我。

狱中题壁

如果我死在这里，

朋友啊，不要悲伤，

我会永远地生存

在你们的心上。

你们之中的一个死了，

在日本占领地的牢里，

他怀着的深深仇恨，

你们应该永远地记忆。

当你们回来，从泥土
掘起他伤损的肢体，
用你们胜利的欢呼
把他的灵魂高高扬起。

然后把他的白骨放在山峰，
曝着太阳，沐着飘风：
在那暗黑潮湿的土牢，
这曾是他唯一的美梦。

夜蛾

绕着蜡烛的圆光，

夜蛾作可怜的循环舞，

这些众香国的谪仙不想起

已死的虫，未死的叶。

说这是小睡中的亲人，

飞越关山，飞越云树，

来慰藉我们的不幸，

或者是怀念我们的死者，

被记忆所逼，离开了寂寂的夜台来。

我却明白它们就是我自己，
因为它们用彩色的大绒翅
遮覆住我的影子，
让它留在幽暗里。
这只是为了一念，不是梦，
就像那一天我化成凤。

赠克木

我不懂别人为什么给那些星辰
取一些它们不需要的名称，
它们闲游在太空，无牵无挂，
不了解我们，也不求闻达。

记着天狼、海王、大熊……这一大堆，
还有它们的成分，它们的方位，
你绞干了脑汁，涨破了头，
弄了一辈子，还是个未知的宇宙。

星来星去，宇宙运行，
春秋代序，人死人生，
太阳无量数，太空无限大，
我们只是倏忽渺小的夏虫井蛙。

不痴不聋，不作阿家翁，
为人之大道全在懵懂，

最好不求甚解，单是望望，
看天，看星，看月，看太阳。

也看山，看水，看云，看风，
看春夏秋冬之不同，
还看人世的痴愚，人世的倥偬：
静默地看着，乐在其中。

乐在其中，乐在空与时以外，
我和欢乐都超越过一切境界，
自己成一个宇宙，有它的日月星，
来供你钻究，让你皓首穷经。

或是我将变成一颗奇异的彗星，
在太空中欲止即止，欲行即行，
让人算不出轨迹，瞧不透道理，
然后把太阳敲成碎火，把地球撞成泥。

寂寞

园中野草渐离离，

托根于我旧时的脚印，

给他们披青春的彩衣，

星下的盘从兹消隐。

日子过去，寂寞永存，

寄魂于离离的野草，

像那些可怜的灵魂，

长得如我一般高。

我今不复到园中去，

寂寞已如我一般高，

我夜坐听风，昼眠听雨，

悟得月如何缺，天如何老。

致萤火

萤火，萤火，
你来照我。

照我，照这沾露的草，
照这泥土，照到你老。

我躺在这里，让一棵芽
穿过我的躯体，我的心，
长成树，开花；

让一片青色的藓苔，
那么轻，那么轻
把我全身遮盖，
像一双小手纤纤，

当往日我在昼眠，

把一条薄被

在我身上轻披。

我躺在这里

咀嚼着太阳的香味；

在什么别的天地，

云雀在青空中高飞。

萤火，萤火

给一缕细细的光线——

够担得起记忆，

够把沉哀来吞咽！

我用残损的手掌

我用残损的手掌

摸索这广大的土地：

这一角已变成灰烬，

那一角只是血和泥；

这一片湖该是我的家乡，

（春天，堤上繁花如锦幛，

嫩柳枝折断有奇异的芬芳，）

我触到荇藻和水的微凉；

这长白山的雪峰冷到彻骨，

这黄河的水夹泥沙在指间滑出；

江南的水田，你当年新生的禾草

是那么细，那么软……现在只有蓬蒿；

岭南的荔枝花寂寞地憔悴，

尽那边，我蘸着南海没有渔船的苦水……

无形的手掌掠过无限的江山，

手指沾了血和灰，手掌沾了阴暗，

只有那辽远的一角依然完整，

温暖，明朗，坚固而蓬勃生春。

在那上面，我用残损的手掌轻抚，

像恋人的柔发，婴孩手中乳。

我把全部的力量运在手掌

贴在上面，寄予爱和一切希望，

因为只有那里是太阳，是春，

将驱逐阴暗，带来苏生，

因为只有那里我们不像牲口一样活，

蝼蚁一样死……那里，永恒的中国！

心愿

几时可以开颜笑笑，

把肚子吃一个饱，

到树林子去散一会儿步，

然后回来安逸地睡一觉？

只有把敌人打倒。

几时可以再看见朋友们，

跟他们游山，玩水，谈心，

喝杯咖啡，抽一支烟，

念念诗，坐上大半天？

只有送敌人入殓。

几时可以一家团聚，
拍拍妻子，抱抱儿女，
烧个好菜，看部电影，
回来围炉谈笑到更深？
只有将敌人杀尽。

只有起来打击敌人，
自由和幸福才会降临，
否则这些全是白日梦
和没有现实的游想。

过旧居

这样迟迟的日影，
这样温暖的寂静，
这片午饮的香味，
对我是多么熟稔。

这带露台，这扇窗
后面有幸福在窥望，
还有几架书，两张床，
一瓶花……这已是天堂。

我没有忘记：这是家，
妻如玉，女儿如花，
清晨的呼唤和灯下的闲话，
想一想，会叫人发傻。

单听他们亲昵地叫，
就够人整天地骄傲，

出门时挺起胸，伸直腰，
工作时也抬头微笑。

现在……可不是我回家的午餐……
桌上一定摆上了盘和碗，
亲手调的羹，亲手煮的饭，
想起了就会嘴馋。

这条路我曾经走了多少回！
多少回？……过去都压缩成一堆，
叫人不能分辨，日子是那么相类，
同样幸福的日子，这些孪生姊妹！

我可糊涂啦，
是不是今天出门时我忘记说“再见”？
还是这事情发生在许多年前，
其中间隔着许多变迁？

可是这带露台，这扇窗，
那里却这样静，没有声响，
没有可爱的影子，娇小的叫嚷，
只是寂寞，寂寞，伴着阳光。

而我的脚步为什么又这样累？
是否我肩上压着苦难的岁月，
压着沉哀，透渗到骨髓，
使我眼睛朦胧，心头消失了光辉？

为什么辛酸的感觉这样新鲜？
好像伤没有收口，苦味在舌间。
是一个归途的设想把我欺骗，
还是灾难的岁月真横亘其间？

我不明白，是否一切都没改动，
却是我自己做了白日梦，
而一切都在那里，原封不动：
欢笑没有冰凝，幸福没有尘封？

或是那些真实的岁月，年代，
走得太快一点，赶上了现在，
回过头来瞧瞧，匆忙又退回来，
再陪我走几步，给我瞬间的欢快？

有人开了窗，
有人开了门，
走到露台上
—— 一个陌生人。

生活，生活，漫漫无尽的苦路！
咽泪吞声，听自己疲倦的脚步：
遮断了魂梦的不仅是海和天，云和树，
无名的过客在往昔作了瞬间的踌躇。

示长女

记得那些幸福的日子！
女儿，记在你幼小的心灵。

你童年点缀着海鸟的彩翎，
贝壳的珠色，潮汐的清音，
山岚的苍翠，繁花的绣锦，
和爱你的父母的温存。

我们曾有一个安乐的家，
环绕着淙淙的泉水声，
冬天曝着太阳，夏天笼着清荫，
白天有朋友，晚上有恬静，
岁月在窗外流，不来打搅
屋里终年长驻的欢欣。
如果人家窥见我们在灯下谈笑，
就会觉得单为了这也值得过一生。

我们曾有一个临海的园子，
它给我们滋养的番茄和金笋，
你爸爸读倦了书去垦地，
你妈妈在太阳荫里缝纫，
你呢，你在草地上追彩蝶，
然后在温柔的怀里寻温柔的梦境。

人人说我们最快活，
也许因为我们生活得蠢，
也许因为你妈妈温柔又美丽，
也许因为你爸爸诗句最清新。

可是，女儿，这幸福是短暂的，
一霎时都被云锁烟埋；
你记得我们的小园临大海，
从那里你一去就不再回来，
从此我对着那迢遥的天涯，
松树下常常徘徊到暮霭。

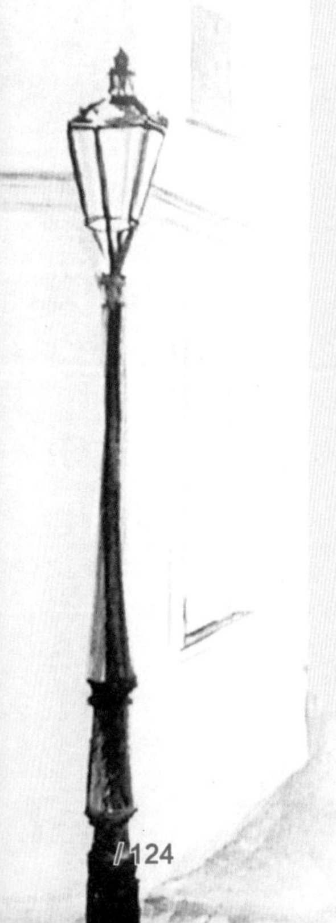

那些绚烂的日子，像彩蝶，
现在枉费你摸索追寻，
我仿佛看见你从这间房
到那间，用小手挥逐阴影，
然后，缅想着天外的父亲，
把疲倦的头搁在小小的绣枕。

可是，记得那些幸福的日子，
女儿，记在你幼小的心灵：
你爸爸仍旧会来，像往日，
守护你的梦，守护你的醒。

在天晴了的时候

在天晴了的时候，

该到小径中去走走：

给雨润过的泥路，

一定是凉爽又温柔；

炫耀着新绿的小草，

已一下子洗净了尘垢；

不再胆怯的小白菊，

慢慢地抬起它们的头，

试试寒，试试暖，

然后一瓣瓣地绽透；

抖去水珠的凤蝶儿

在木叶间自在闲游，

把它的饰彩的智慧书页

曝着阳光一开一收。

到小径中去走走吧，

在天晴了的时候：

赤着脚，携着手，

踏着新泥，涉过溪流。

新阳推开了阴霾了，

溪水在温风中晕皱，

看山间移动的暗绿——

云的脚迹——它也在闲游。

赠内

空白的诗帖，

幸福的年岁；

因为我苦涩的诗节

只为灾难树里程碑。

即使清丽的词华

也会消失它的光鲜，

恰如你鬓边憔悴的花

映着明媚的朱颜。

不如寂寂地过一世，

受着你光彩的熏沐，

一旦为后人说起时，

但叫人说往昔某人最幸福。

口号

盟军的轰炸机来了，
看他们勇敢地飞翔，
向他们表示沉默的欢快，
但却永远不要惊慌。

看敌人四处钻，发抖；
盟军的轰炸机来了，
也许我们会碎骨粉身，
但总比死在敌人的手上好。

我们需要冷静，坚忍，
离开兵营、工厂、船坞；
盟军的轰炸机来了，
叫敌人踏上死路。

苦难的岁月不会再迟延，
解放的好日子就快到，
你看带着这消息的
盟军的轰炸机来了。

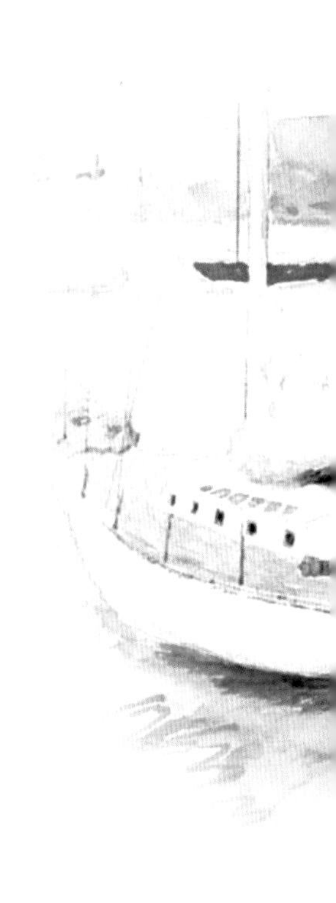

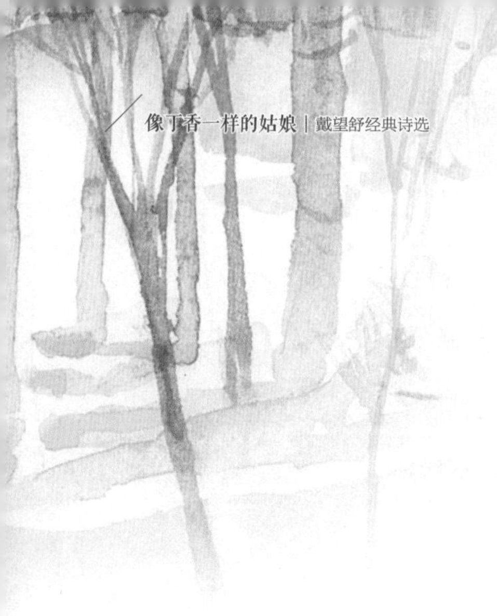

偶成

如果生命的春天重到，

古旧的凝冰都哗哗地解冻，

那时我会再看见灿烂的微笑，

再听见明朗的呼唤——这些迢遥的梦。

这些好东西都决不会消失，

因为一切好东西都永远存在，

它们只是像冰一样凝结，

而有一天会像花一样重开。

波德莱尔经典诗译
恶之花
[法] 夏尔·波德莱尔 著
戴望舒 译

信天翁

时常地，为了戏耍，船上的人员
捕捉信天翁，那种海上的巨禽——
这些无挂碍的旅伴，追随海船，
跟着它在苦涩的漩涡上航行。

当他们把它们一放到船板上，
这些青天的王者，羞耻而笨拙，
就可怜地垂倒在他们的身旁，
它们洁白的巨翼，像一双桨棹。

这插翅的旅客，多么呆拙委颓！
往时那么美丽，而今丑陋滑稽！
这个人用烟斗戏弄它的尖嘴，
那个人学这飞翔的残废者拐躄！

诗人恰似天云之间的王君，
它出入于风波间又笑傲弓弩手；
一旦堕落在尘世，笑骂尽由人，
它巨人般的翼翅妨碍它行走。

高举

在池塘的上面，在溪谷的上面，
临驾于高山，树林，天云和海洋，
超越过灏气，超越过太阳，
超越过那缀星的天球的界线。

我的心灵啊，你在敏捷地飞翔，
恰如善泳的人沉迷在波浪中，
你欣然地犁着深深的广袤无穷，
怀着雄赳赳的狂欢，难以言讲。

远远地从这疾病的瘴气飞脱，
到崇高的大气中去把你洗净，
像一种清醇神明的美酒，你饮
滂渤弥漫在空间的光明的火。

那烦郁和无比有忧伤的沉重，
沉甸甸压住笼着雾霭的人世，
幸福的唯有能够高举起健翅，
从它们后面飞向明朗的天空！

幸福的唯有思想如云雀悠闲，
在早晨冲飞到长空，没有挂碍
——翱翔在人世之上，轻易地了解
那花枝和无言的万物的语言！

应和

自然是一庙堂，那里活的柱石
不时地传出模糊隐约的语音……
人穿过象征的林从那里经行，
树林望着他，投以熟稔的凝视。

正如悠长的回声遥遥地合并，
归入一个幽黑而渊深的和谐——
广大有如光明，浩漫有如黑夜——
香味，颜色和声音都互相呼应。

有的香味新鲜如儿童的肌肤，
柔和有如洞箫，翠绿有如草场，
——别的香味呢，腐烂，轩昂而丰富。

具有着无极限的品物的扩张，
如琥珀香、麝香、安息香、篆烟香，
那样歌唱性灵和官感的欢狂。

人和海

无羁束的人，你将永远爱海洋！
海是你的镜子；你照鉴着灵魂。
在它的波浪的无穷尽的奔腾，
而你心灵是深渊，苦涩也相仿。

你喜欢汩没到你影子的心胸；
你用眼和臂拥抱它，而你的心
有时以它自己的烦嚣来遣兴，
在难驯而粗犷的呻吟声中。

你们一般都是阴森和无牵羁：
人啊，无人测过你深渊的深量；
海啊，无人知道你内蕴的富藏，
你们都争相保持你们的秘密！

然而无尽数世纪以来到此际，
你们无情又无悔地相互争强，
你们那么地爱好杀戮和死亡，
哦永恒的斗士，哦深仇的兄弟！

美

哦，世人！我美丽有如石头的梦，
我的使每个人轮流斫丧的胸
生来使诗人感兴起一种无穷
而缄默的爱情，正和元素相同。

如难解的斯芬克斯，我御碧霄：
我将雪的心融于天鹅的皓皓；
我憎恶动势，因为它移动线条，
我永远也不哭，我永远也不笑。
诗人们，在我伟大的姿态之前
（我似乎仿之于最高傲的故迹）
将把岁月消磨于庄严的钻研。

因为要叫驯服的情郎们眩迷，
我有着使万象更美丽的纯镜：
我的眼睛，我光明不灭的眼睛！

异国的芬芳

秋天暖和的晚间，当我闭了眼
呼吸着你炙热的胸膛的香味，
我就看见展开了幸福的海湄，
炫照着一片单调太阳的火焰；

一个闲懒的岛，那里“自然”产生
奇异的树和甘美可口的果子；
产生身体苗条壮健的小伙子，
和眼睛坦白叫人惊异的女人。

被你的香领向那些迷人地方，
我看见一个港，满是风帆桅樯，
都还显着大海的风波的劳色，

同时那绿色的罗望子的芬芳——
在空中浮动又在我鼻孔充塞，
在我心灵中和入水手的歌唱。

赠你这几行诗

赠你几行诗，为了我的姓名
如果侥幸传到那辽远的后代，
一晚叫世人的头脑做起梦来，
有如船儿给大北风顺势推行，

像缥缈的传说一样，你的追忆，
正如那铜弦琴，叫读书人烦厌，
由于一种友爱而神秘的锁链
依存于我高傲的韵，有如悬系：

受诅咒的人，从深渊直到天顶，
除我以外，什么也对你不回应！
——哦，你啊，像一个影子，踪迹飘忽，

你用轻盈的脚和澄澈的凝视
践踏批评你苦涩的尘世蠢物，
黑玉眼的雕像，铜额的大天使！

黄昏的和谐

现在时候到了，在茎上震颤颤，
每朵花氤氲浮动，像一炉香篆；
音和香味在黄昏的空间回转；
忧郁的圆舞曲和懒散的昏眩。

每朵花氤氲浮动，像一炉香篆；
提琴颤动，恰似心儿受了伤残；
忧郁的圆舞曲和懒散的昏眩！
天悲哀而美丽，像一个大祭坛。

提琴颤动，恰似心儿受了伤残，
一颗柔心，它恨虚无的黑漫漫！
天悲哀而美丽，像一个大祭坛；
太阳在它自己的凝血中沉湮……

一颗柔心（它恨虚无的黑漫漫）
收拾起光辉昔日的全部余残！
太阳在它自己的凝血中沉湮……
我心头你的记忆“发光”般明灿！

邀旅

孩子啊，妹妹

想想多甜美

到那边去一起生活！

逍遥地相恋，

相恋又长眠

在和你相似的家国！

湿太阳高悬

在云翳的天

在我的心灵里横生

神秘的娇媚，

却如隔眼泪

耀着你精灵的眼睛。

那里，一切只是整齐和美，

豪侈，平静和那欢乐迷醉。

陈设尽辉煌，

给年岁砑光，

装饰着我们的卧房，

珍奇的花卉

把它们的香味

和入依微的琥珀香，

华丽的藻井，

深湛的明镜，

东方的那璀璨豪华，

一切向心灵

秘密地诉陈

它们温和的家乡话。

那里，一切只是整齐和美，

豪侈，平静和那欢乐迷醉。

看，在运河内

船舶在沉睡——

它们的情性爱流浪；

为了要使你

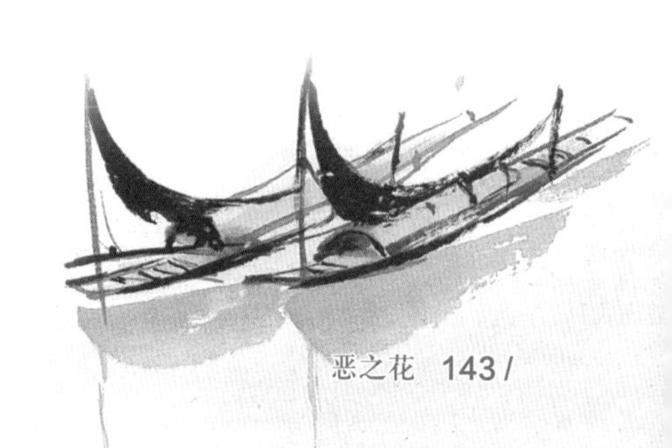

百事都如意，

它们才从海角来航。

西下夕阳明，

把珠玉黄金

笼罩住运河和田垄

和整个城镇；

世界睡沉沉

在一片暖热的光中。

那里，一切只是整齐和美，

豪侈，平静和那欢乐迷醉。

秋歌

一

不久我们将沉入寒冷的幽暗，

再会，我们太短的夏日的辉煌！

我已经听到，带着阴森的震撼，

薪木在庭院的石上声声应响。

整个冬日将回到我心头：愤怒，

憎恨，战栗，恐怖，和强迫的劳苦，

正如太阳做北极地狱的囚徒，

我的心将是红冷的一块顽物。

我战栗着听块块坠下的柴木；

筑刑架也没有更沉着的回响。

我心灵好似个堡垒，终于屈服，

受了沉重不倦的撞角的击撞。

为这单调的震撼所摇，我好像

什么地方有人匆忙把棺材钉……
给谁？——昨天是夏；今天秋已降临！
这神秘的声响好像催促登程。

二

我爱你长睛碧辉，温柔的美人，
可是我今朝觉得事事尽堪伤，
你的爱情和妆室，和炉火温存，
看来都不及海上辉煌的太阳。

然而爱我，温柔的心！做个慈母，
纵然是对刁儿，纵然是对逆子；
恋人或妹妹，请你做光耀的秋
或残阳的温柔，由它短暂如此。

短工作！坟墓在等；它贪心无厌！
啊！容我把我的头靠在你膝上，
怅惜着那酷热的白色的夏天，
去尝味那残秋的温柔的黄光。

枭鸟

上有黑水松做遮障，
枭鸟们并排地栖止，
好像是奇异的神祇，
红眼射光。我们默想。

它们站着一动不动
一直到忧郁的时光；
到时候，推开了斜阳，
黑暗将把江山一统。

它们的态度教智者
在世上应畏如蛇蝎：
那芸芸众生和活动；

对过影醉心的人类
永远地要受罚深重——
为了他曾想换地位。

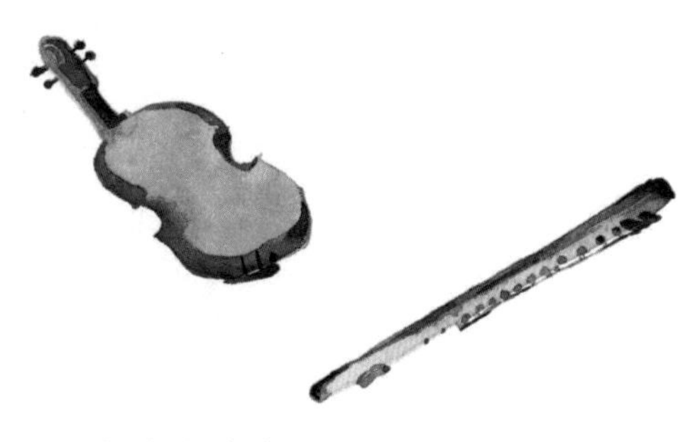

音乐

音乐时常飘我去，如在大海中！

向我苍白的星

在浓雾荫下或在浩漫的太空，

我扬帆前进；

胸膛向前挺，又鼓起我的两肺，

好像张满布帆，

我攀登重波积浪的高高的背——

黑夜里分辨难。

我感到苦难的船的一切热情

在我心头震颤；

顺风，暴风和临着巨涡的时辰，

它起来的痉挛

摇抚我。——有时，波平有如大明镜，

照我绝望孤影！

快乐的死者

在一片沃土中，那里满是蜗牛，
我要亲自动手掘一个深坑洞，
容我悠闲地摊开我的骨头，
而睡在遗忘里，如鲨鱼在水中。

我恨那些遗嘱，又恨那些坟墓；
与其求世人把一滴眼泪抛撒，
我宁愿在生时邀请那些饥鸟
来啄我的贱体，让周身都流血。

虫豸啊！无耳目的黑色同伴人，
看自在快乐的死者来陪你们；
会享乐的哲学家，腐烂的儿子。

请毫不懊悔地穿过我臭皮囊，
向我说，对于这没有灵魂的陈尸，
死在死者间，还有甚酷刑难当！

裂钟

又苦又甜的是在冬天的夜里，
对着闪烁又冒烟的炉火融融，
听辽远的记忆慢腾腾地升起，
应着在雾中歌唱的和鸣的钟。

幸福的是那口大钟，嗓子洪亮，
它虽然年老，却矍铄而又遒劲，
虔信地把它宗教的呼声高放，
正如那在营帐下守夜的老兵。

我呢，灵魂开了裂，而当它烦闷
想把夜的寒气布满它的歌声，
它的嗓子就往往会低沉衰软，

像被遗忘的伤者的沉沉残喘——
他在血湖边，在大堆死尸下底，
一动不动，在大努力中垂毙。

烦闷（一）

我记忆无尽，好像活了一千岁，

抽屉装得满鼓鼓的一口大柜——
内有清单，诗稿，情书，诉状，曲词，
和卷在收据里的沉重的发丝——
藏着秘密比我可怜的脑还少。

那是一个金字塔，一个大地窖，
收容的死者多得义冢都难比。
我是一片月亮所憎厌的墓地，
那里，有如憾恨，爬着长长的虫，
老是向我最亲密的死者猛攻。

我是旧妆室，充满了凋谢蔷薇，
一大堆过时的时装狼藉纷披，

只有悲哀的粉画，苍白的蒲遂
呼吸着开塞的香水瓶的香味。

当阴郁的不闻问的果实烦厌，
在雪岁沉重的六出飞花下面，
拉得像永恒不朽一般的模样，
什么都比不上跛脚的日子长。
从今后，活的物质啊，你只是
围在可怕的波浪中的花岗石，
瞌睡在笼雾的撒哈拉的深处；
是老斯芬克斯，浮世不加关注，
被遗忘在地图上——阴郁的心怀
只向着落日的光辉清歌一快！

烦闷（二）

当沉重的低天像一个盖子般

压在困于长闷的呻吟的心上，

当他围抱着天涯的整个周圈

向我们泻下比夜更愁的黑光；

当大地已变成了潮湿的土牢——

在那里，那“愿望”像一只蝙蝠般，

用它畏怯的翅去把墙壁打敲，

又用头撞着那朽腐的天花板；

当雨水铺排着它无尽的丝条

把一个大牢狱的铁栅来模仿，

当一大群沉默的丑蜘蛛来到

我们的脑子底里布它们的网，

那些大钟突然暴怒地跳起来，

向高天放出一片可怕的长嚎，

正如一些无家的飘零的灵怪，
开始顽强固执地呻吟而叫号。
——而长列的棺材，无鼓也无音乐，
慢慢地在我灵魂中游行；“希望”
屈服了，哭着，残酷专制的“苦恼”
把它的黑旗插在我垂头之上。

风景

为要纯洁地写我的牧歌，我愿
躺在天旁边，像占星家们一般，
和那些钟楼为邻，梦沉沉谛听
它们为风飘去的庄严颂歌声。
两手托腮，在我最高的顶楼上，
我将看见那歌吟冗语的工场；
烟囱，钟楼，都会的这些桅樯，
和使人梦想永恒的无边昊苍。

温柔的是隔着那些雾霭望见
星星生自碧空，灯火生自窗间，

烟煤的江河高高地升到苍穹，
月亮倾泻出它的苍白的迷梦。
我将看见春天，夏天和秋天，
而当单调白雪的冬来到眼前，
我就要到处关上窗扉，关上门，
在黑暗中建筑我仙境的宫廷。

那时我将梦到微青色的天边，
花园，在纯白之中泣诉的喷泉，
亲吻，鸟儿（它们从早到晚地啼）
和田园诗所有最稚气的一切。
乱民徒然在我窗前兴波无休，
不会叫我从小桌抬起我的头；
因为我将要沉湮于逸乐狂欢，
可以随心任意地召唤回春天，
可以从我心头取出一片太阳，
又造成温雾，用我炙热的思想。

盲人们

看他们，我的灵魂；他们真丑陋！
像木头人儿一样，微茫地滑稽；
像梦游病人一样的可怕，奇异，
不知向何处瞪着无光的眼球。
他们的眼（神明的火花已全消）
好似望着远处似的，抬向着天；
人们永远不看见他们向地面
梦想般把他们沉重的头抬起。
他们这样地穿越无限的暗黑——
这永恒的寂静的兄弟。哦，都会！
当你在我们周遭笑，狂叫，唱歌，
竟至于残暴，尽在欢乐中沉醉，
你看我也征途仆仆，但更麻痹，
我说："这些盲人在天上找什么？"

我没有忘记

我没有忘记，离城市不多远近，

我们的白色家屋，虽小却恬静；

它石膏的果神和老旧的爱神

在小树丛里藏着她们的赤身；

还有那太阳，在傍晚，晶莹华艳，

在折断它的光芒的玻璃窗前，

仿佛在好奇的天上睁目不闪，

凝望着我们悠长静默的进膳，

把它巨蜡般美丽的反照广布

在朴素的台布和哔叽的帘幕。

赤心的女仆

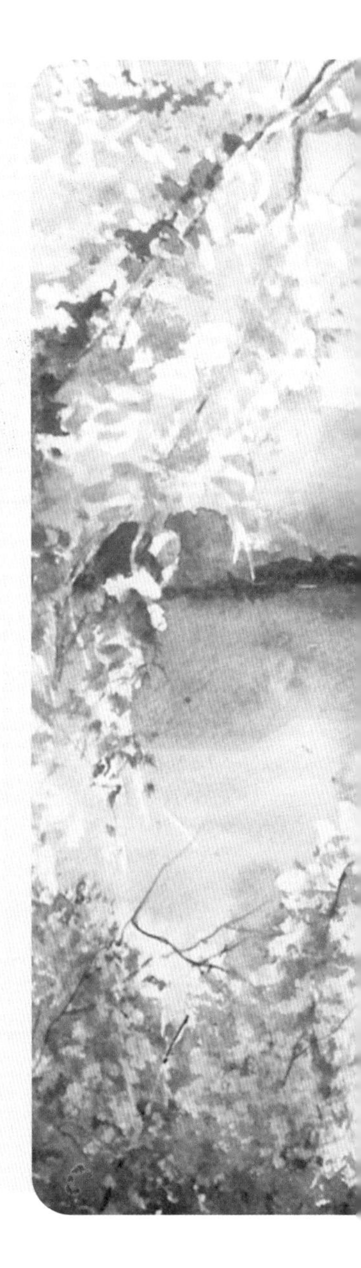

那赤心的女仆，当年你妒忌她，

现在她睡眠在卑微的草地下，

我们也应该带几朵花去供奉。

死者，可怜的死者，都有大苦痛；

当十月这老树的伐枝人嘘吹

它的悲风，围绕着他们的墓碑，

他们一定觉得活人真没良心，

那么安睡着，暖暖地拥着棉衾，

他们却被黑暗的梦想所煎熬，

既没有共枕人，也没有闲说笑，

老骨头冰冻，给虫豸蛀到骨髓，

他们感觉冬天的雪在渗干水，

感觉世纪在消逝，又无友无家

去换挂在他们墓栏上的残花。

假如炉薪啸歌的时候，在晚间，

我看见她坐到圈椅上，很安闲，

假如在十二月的青色的寒宵，

我发现她蜷缩在房间的一角，

神情严肃，从她永恒的床出来，

用慈眼贪看着她长大的小孩；

看见她凹陷的眼睛坠泪滚滚，

我怎样来回答这虔诚的灵魂？

亚伯和该隐

一

亚伯的种，你吃，喝，睡；

上帝向你微笑亲切。

该隐的种，在污泥水

爬着，又可怜地绝灭。

亚伯的种，你的供牲

叫大天神闻到欢喜！

该隐的种，你的苦刑

可是永远没有尽完？

亚伯的种，你的播秧

和牲畜，瞧，都有丰收；

该隐的种，你的五脏
在号饥，像一只老狗。

亚伯的种，族长炉畔，
你袒开你的肚子烘；

该隐的种，你却寒战，
可怜的豺狼，在窟洞！

亚伯的种，恋爱，繁殖！
你的金子也生金子。

该隐的种，心怀燃炽，
这大胃口你得当心。

亚伯的种，臭虫一样，
你在那里滋生，吞刮！

该隐的种，在大路上

牵曳你途穷的一家。

二

亚伯的种，你的腐尸

会壅肥你的良田！

该隐的种，你的大事

还没有充分做完全；

亚伯的种，看你多羞

铁剑却为白梃所败！

该隐的种，升到天宙，

把上帝扔到地上来！

穷人们的死亡

这是“死”，给人安慰，哎！使人生活
这是生之目的，这是唯一希望——
像琼浆一样，使我们沉醉，振作；
使我们有勇气一直走到晚上；

透过飞雪，凝霜，和那暴风雨，
这是我们黑天涯的颤颤光明；
这是记在簿录上的著名逆旅，
那里可以坐坐，吃吃，又睡一顿；

这是一位天使，在磁力的指间，
握着出神的梦之赐予和睡眠，
又替赤裸的穷人把床来重铺；

这是神祇的光荣，是神秘的仓。
是穷人的钱囊和他的老家乡，
是通到那陌生的天庭的廊庑！

入定

乖一点，我的沉哀，你得更安静，
你吵着要黄昏，它来啦，你瞧瞧：
一片幽暗的大气笼罩住全城，
与此带来宁谧，与彼带来烦恼。

当那凡人们的卑贱庸俗之群，
受着无情刽子手“逸乐”的鞭打，
要到奴性的欢庆中采撷悔恨，
沉哀啊，伸手给我，朝这边来吧，

避开他们。你看那逝去的年光，
穿着过时衣衫，凭着天的画廊，
看那微笑的怅恨从水底浮露，

看睡在涵洞下的垂死的太阳，
我的爱，再听温柔的夜在走路，
就好像一条长殓布曳向东方。

声音

我的摇篮靠着书库——这阴森森

巴贝尔塔，有小说，科学，词话，

一切，拉丁的灰烬和希腊的尘，

都混合着。我像对开本似高大。

两个声音对我说话。狡狯，肯定，

一个说：“世界是一个糕，蜜蜜甜，

我可以（那时你的快乐就无尽）

使得你的胃口那么大，那么健。”

另一个说：“来吧！到梦里来旅行，

超越过可能，超越过已知！”

于是它歌唱，像沙滩上的风声，

啼唤的幽灵，也不知从何而至，

声声都悦耳，却也使耳朵惊却。

我回答了你：“是的！柔和的声音！”

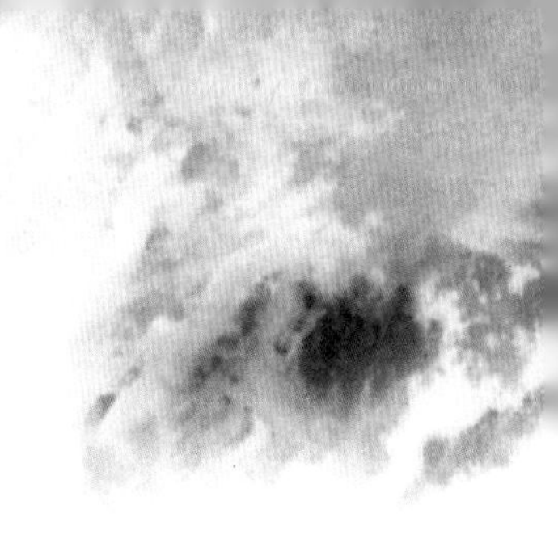

从此后就来了，哎！那可以称做
我的伤和宿命。在浩漫的生存
布景后面，在深渊最黑暗所在，
我清楚地看见那些奇异的世界，
于是，受了我出神的明眼的害，
我曳着一些蛇——它们咬我的鞋。
于是从那时候起，好像先知，
我那么多情地爱着沙漠和海；
我在哀悼中欢笑，欢庆中泪湿，
又在最苦的酒里找到美味来；
我惯常把事实当作虚谎玄空，
眼睛向着天，我坠落到窟窿里。
声音却安慰我说：“保留你的梦：
哲人还没有狂人那样美丽！”

洛尔迦诗抄

〔西班牙〕洛尔迦 著

戴望舒 译

小广场谣

孩子们唱歌
在静静的夜里：
澄净的泉水，
清澈的小溪！

孩子：
你的神圣的心，
什么使它欢喜？

我：
是一阵钟声，
消失在雾里。

孩子：
让我们唱歌吧，

在这小广场里，

澄净的泉水，

清澈的小溪！

你那青春的手里，

拿着什么东西？

我：

一枝纯白的水仙，

一朵血红的玫瑰。

孩子：

把它们浸在

古谣曲的水里。

澄净的泉水，

清澈的小溪！

你有什么感觉，

在你那又红又渴的嘴里？

我：

我觉得的是

我这大头颅骨的滋味。

孩子：

那么就来饮取，

古谣曲的静水。

澄净的泉水，

清澈的小溪！

为什么你要走去

和小广场这样远离？

我：

因为我要去寻找

魔法师和公主王妃！

孩子：

是谁把诗人的道路，

指示给你？

我：

是古谣曲的

泉水和小溪。

孩子：

难道你要走得很远

离开海洋和陆地？

我：

我的丝一般的心里，

充满了光明，

充满了失去的钟声，

还有水仙和蜜蜂。

我要走得很远，

远过这些山，

远过这些海，

一直走到星星边，

去求主基利斯督

还给我

被故事传说培养成熟的

那颗旧日的童心，

和鸟羽编的帽子，

以及游戏用的木剑。

孩子：

让我们唱歌吧，

在这小广场里，

澄净的泉水，

清澈的小溪！

给风吹伤的

枯干的凤尾草

叶上的大眸子，

在为死掉的叶子哭泣。

海水谣

在远方，

大海笑盈盈。

浪是牙齿，

天是嘴唇。

不安的少女，你卖的什么，

要把你的乳房耸起？

——先生，我卖的是

大海的水。

乌黑的少年，你带的什么，

和你的血混在一起？

——先生，我带的是

大海的水。

这些咸的眼泪，

妈啊，是从哪儿来的？

——先生，我哭出的是

大海的水。

心儿啊，这苦味儿

是从哪里来的？

——比这苦得多呢，

大海的水。

在远方，

大海笑盈盈。

浪是牙齿，

天是嘴唇。

木马栏

节庆的日子
在轮子上盘桓。
木马栏把它们带去，
又送它们回来。

青的圣体节。
白的圣诞节。

日子天天过去，
像蝮蛇蜕皮，
但是节日，
唯一的破例。

我们的老母亲
都这样过她们的节庆，
她们的夜晚
是缀金叶的闪缎长裙。

青的圣体节。

白的圣诞节。

木马栏回旋着，

钩在一颗星上，

像地球五大洲的

一枝郁金香。

孩子们骑在

装成豹子的马上，

好像是一颗樱桃，

他们把月亮吞下。

生气吧，马可波罗！

在一个幻想的转轮上，

孩子们看见了遥远的

不知名的地方。

青的圣体节。

白的圣诞节。

最初的愿望小曲

在鲜绿的清晨，
我愿意做一颗心。
一颗心。

在成熟的夜晚，
我愿意做一只黄莺。
一只黄莺。

（灵魂啊，
披上橙子的颜色。
灵魂啊，
披上爱情的颜色。）

在活泼的清晨，

我愿意做我。

一颗心。

在沉寂的夜晚，

我愿意做我的声音。

一只黄莺。

灵魂啊，

披上橙子的颜色吧！

灵魂啊，

披上爱情的颜色吧！

风景

——赠丽坦，龚查，贝贝和加曼西迦

苍茫的夜晚，

披上了冰寒。

朦胧的玻璃窗后面，

孩子们全都看见

一株黄色的树

变成了许多飞燕。

夜晚一直躺着

顺着河沿，

屋檐下在打颤，

一片苹果的羞颜。

蔷薇小曲

蔷薇
不寻找晨曦：
在肉体和梦的边缘，
她寻找别的东西。

蔷薇
不寻找科学和阴翳：
几乎是永恒地在枝上
她寻找别的东西。

蔷薇
不寻找蔷薇：
寂静地向天上，
她寻找别的东西！

村庄

精光的山头

一片骷髅场。

绿水清又清

百年的橄榄树成行。

路上行人

都裹着大氅，

高楼顶上，

风旗旋转回往。

永远地

旋转回往。

啊，悲哀的安达路西亚

没落的村庄！

哑孩子

孩子在找寻他的声音

（把它带走的是蟋蟀的王）

在一滴水中

孩子在找寻他的声音

我不是要它来说话

我要把它做个指环

让我的缄默

戴在他纤小的指头上

在一滴水中

孩子在找寻他的声音

（被俘在远处的声音，

穿上了蟋蟀的衣裳）

海螺

——给纳达丽坦·希美奈思

他们带给我一个海螺。

它里面在讴歌
一幅海图。
我的心儿
涨满了水波，
暗如影，亮如银，
小鱼儿游了许多。

他们带给我一个海螺。

猎人

在松林上，

四只鸽子在空中飞翔。

四只鸽子

在盘旋，在飞翔。

掉下四个影子，

都受了伤。

在松林里，

四只鸽子躺在地上。

小夜曲

——献祭洛贝·特·维迦

在河岸的两旁，

夜色浸得水汪汪，

在罗丽妲的心头，

花儿为爱情而亡。

花儿为爱情而亡。

在三月的桥上，

裸体的夜在歌唱。

罗丽妲在洗澡，

用咸水和甘松香。

花儿为爱情而亡。

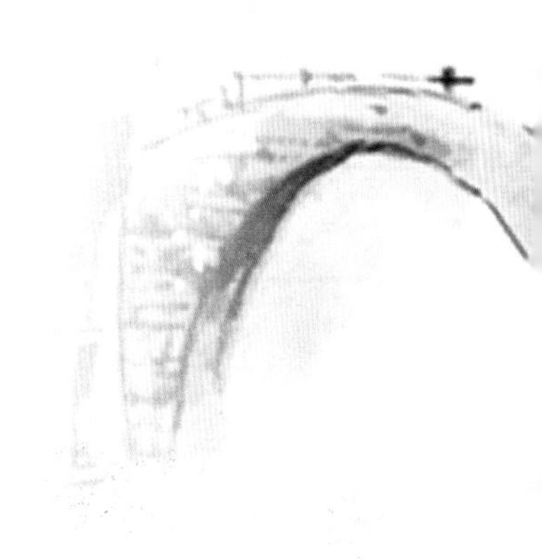

茴香和白银的夜

照耀在屋顶上。

流水和明镜的银光。

你的大腿的茴香。

花儿为爱情而亡。

树呀树

树呀树，
枯又绿。

脸儿美丽的小姑娘
正在那里摘青果，
风，高楼上的浪子，
来把她的腰肢抱住。

走过了四位骑士，
跨着安达路西亚的小马，
披着黑色的长大氅，
穿着青绿色的短褂。
“到哥尔多巴来呀，小姑娘。”
小姑娘不听他。

走过了三个青年斗牛师，
腰肢细小够文雅，

佩着镶银的古剑，

穿着橙色的短褂。

“到赛维拉来呀，小姑娘。”

小姑娘不理他。

暮霭转成深紫色，

残阳渐暗渐西斜，

走过了一个少年郎，

带来了月亮似的桃金娘和玫瑰花。

“到格拉那达来呀，小姑娘。”

小姑娘不睬他。

脸儿美丽的小姑娘，

还在那里摘青果，

给风的灰色的胳膊，

把她腰肢缠住。

树呀树，

枯又绿。

水呀你到哪儿去

水呀你到哪儿去？

我顺着河流，
一路笑到海边去。

海呀你到哪里去？

我向上面的河流
找个地方歇脚去。

赤杨呀，你呢，做什么？

我对你什么话也没有，

我呀……我颤抖！

我要什么，我不要什么，

问河去还是问海去？

（四只没有方向的鸟儿，

在高高的赤杨树上。）

梦游人谣

绿啊，我多么爱你这绿色。

绿的风，绿的树枝。

船在海上，

马在山中。

影子裹住她的腰，

她在露台上做梦。

绿的肌肉，绿的头发，

还有银子般沁凉的眼睛。

绿啊，我多么爱你这绿色。

在吉卜赛人的月亮下，

一切东西都看着她，

而她却看不见它们。

绿啊，我多么爱你这绿色，

繁星似的霜花

和那打开黎明之路的

黑暗的鱼一同来到。

无花果用砂皮似的树叶

摩擦着风，

山像野猫似的耸起了

它的激怒了的龙舌兰。

可是谁来了？从哪儿来的？

她徘徊在露台上，

绿的肌肉，绿的头发，

在梦见苦辛的大海。

——朋友，我想要

把我的马换你的屋子，

把我的鞍辔换你的镜子，

把我的短刀换你的毛毯。

朋友，我是从喀勃拉港口

流血回来的。

——要是我办得到，年轻人，

这交易一准成功。

可是我已经不再是我，

我的屋子也不再是我的。

——朋友，我要善终在

我自己的铁床上，

如果可能，

还得有荷兰布的被单。

你没有看见我

从胸口直到喉咙的伤口？

——你的白衬衫上

染了三百朵黑玫瑰，

你的血还在腥气地

沿着你的腰带渗出。

但我已经不再是我，

我的屋子也不再是我的。

——至少让我爬上

这高高的露台；

允许我上来！允许我

爬上这绿色的露台。

月光照耀的露台，

那儿可以听到海水的回声。

于是这两个伙伴

走上那高高的露台。

留下了一缕血迹。

留下了一条泪痕。

许多铅皮的小灯笼

在人家屋顶上闪烁。

千百个水晶的手鼓，

在伤害黎明。

绿啊，我多么爱你这绿色，

绿的风，绿的树枝。

两个伙伴一同上去。

长风留在他们嘴里

一种苦胆，薄荷和玉香草的

稀有的味道。

朋友，告诉我，她在哪里？

你那个苦辛的姑娘在哪里？

她等候过你多少次？

她还会等候你多少次？

冷的脸，黑的头发，

在这绿色的露台上！

那吉卜赛姑娘

在水池上摇曳着。

绿的肌肉，绿的头发，

还有银子般沁凉的眼睛。

一片冰雪似的月光

把她扶住在水上。

夜色亲密得

像一个小小的广场。

喝醉了的宪警

正在打门。

绿啊，我多么爱你这绿色。

绿的风，绿的树枝。

船在海上，

马在山中。

吉他琴

吉他琴的呜咽

开始了。

黎明的酒杯

破了。

吉他琴的呜咽

开始了。

要止住它

没有用，

要止住它

不可能。

它单调地哭泣，

像水在哭泣，

像风在雪上

哭泣。

要止住它

不可能。

它哭泣，是为了

远方的东西。

要求看白茶花的

和暖的南方的沙。

哭泣，没有鹄的箭，

没有晨晓的夜晚，

于是第一只鸟

死在枝上。

啊，吉他琴！

心里刺进了

五柄利剑。

小小的死亡之歌

月亮的垂死的草场，

和地下的血，

古旧的血的草场。

昨日和明日的光，

草的垂死的天，

沙的黑夜和亮光。

我遇到了死亡，

在垂死的草场上，

一个小小的死亡。

狗在屋顶上。

只有我的左手

抚摸过枯干的花的
无尽的山岗。

灰烬的大教堂，
沙的黑夜和亮光，
一个小小的死亡。

我，一个人，和一个死亡，
只是一个人，而她
是一个小小的死亡。

月亮的垂死的草场。
雪在呻吟而颤抖
在门的后方。

一个人，早已说过，有什么伎俩？
只有一个人和她。
草场，恋爱，沙和光。

呜咽

我关紧我的露台，

因为不愿听到呜咽，

但是从灰色的墙背后

听到的只有呜咽。

唱歌的天使不多，

吠叫的狗也没有几条，

一千只提琴也能抓在掌心；

可是呜咽是一个巨大的天使，

呜咽是一条巨大的狗，

呜咽是一只巨大的提琴，

风给眼泪勒住了，

我听到的只有呜咽。

西茉纳集

[法] 果尔蒙 著
戴望舒 译

发

西茉纳，有个大神秘
在你头发的林里。

你吐着干蕊的香味，你吐着野兽
睡过的石头的香味；
你吐着熟皮的香味，你吐着刚簸过的
小麦的香味；
你吐着木材的香味，你吐着早晨送来的
面包的香味；
你吐着沿荒垣
开着的花的香味；
你吐着黑莓的香味，你吐着被雨洗过的
长春藤的香味；
你吐着黄昏间割下的
灯心草和薇蕨的香味；
你吐着冬青的香味，你吐着藓苔的香味，

你吐着在篱阴中结了种子的

衰黄的野草的香味；

你吐着荨麻如金雀花的香味，

你吐着苜蓿的香味，你吐着牛乳的香味；

你吐着茴香的香味；

你吐着胡桃的香味，你吐着熟透而采下的

果子的香味；

你吐着花繁叶满时的

柳树和菩提树的香味，

你吐着蜜的香味，你吐着徘徊在牧场中的

生命的香味；

你吐着泥土与河的香味；

你吐着爱的香味，你吐着火的香味。

西茉纳，有个大神秘

在你头发的林里。

山楂

西茉纳，你的温柔的手有了伤痕，
你哭着，我却要笑这奇遇。

山楂防御它的心和它的肩，
它已将它的皮肤许给了最美好的亲吻。

它已披着它的梦和祈祷的大幕，
因为它和整个大地默契，

它和早晨的太阳默契，
那时惊醒的群蜂正梦着苜蓿和百里香，

和青色的鸟，蜜蜂和飞蝇，
和周身披着天鹅绒的大土蜂，

和甲虫、细腰蜂，金栗色的黄蜂，
和蜻蜓，和蝴蝶，

以及一切有趣的，和在空中

像三色堇一样地舞着又徘徊着的花粉；

它和正午的太阳默契，

和云，和风，和雨，

以及一切过去的，和红如蔷薇，

洁如明镜的薄暮的太阳，

和含笑的月儿以及和露珠，

和天鹅，和织女，和银河；

它有如此皎白的前额而它的灵魂是如此纯洁，

使它在全个自然中钟爱它自身。

冬青

西茉纳，太阳含笑在冬青树叶上，
四月已回来和我们游戏了。

他将些花篮背在肩上，
他将花枝送给荆棘、栗树、杨柳；

他将长生草留给水，又将石楠花
留给树木，在枝干伸长着的地方；

他将紫罗兰投在幽荫中，在黑莓下，
在那里，他的裸足大胆地将它们藏好又踏下；

他将雏菊和有一个小铃项圈的
樱草花送给了一切的草场；

他让铃兰和白头翁一齐坠在
树林中，沿着幽凉的小径；

他将鸢尾草种在屋顶上
和我们的花园中，西茉纳，那里有好太阳，

他散布鸽子花和三色堇，
风信子和那丁香的好香味。

雾

西茉纳，穿上你的大氅和你黑色的大木靴，
我们将像乘船似的穿过雾中去。

我们将到美的岛上去，那里的女人们
像树木一样的美，像灵魂一样地赤裸；
我们将到那些岛上去，那里的男人们
像狮子一样的柔和，披着长而褐色的头发。
来啊，那没有创造的世界从我们的梦中等着
它的法律，它的欢乐，那些使树开花的神
和使树叶炫烨而幽响的风。
来啊，无邪的世界将从棺中出来了。

西茉纳，穿上你的大氅和你黑色的大木靴，
我们将像乘船似的穿过雾中去。

我们将到那些岛上去，那里有高山，
从山头可以看见原野的平寂的幅员，

和在原野上啮草的幸福的牲口，
像杨柳树一样的牧人，和用禾叉
堆在大车上面的稻束，
阳光还照着，绵羊歇在
牲口房边，在园子的门前，
这园子吐着地榆、莴苣和百里香的香味。

西茉纳，穿上你的大氅和你黑色的大木靴，
我们将像乘船似的穿过雾中去。

我们将到那些岛上去，那里灰色和青色的松树
在西风飘过它们的发间的时候歌唱着。
我们卧在它们的香荫下，将听见
那受着愿望的痛苦而等着
肉体复活之时的幽灵的烦怨声。
来啊，无限在昏迷而欢笑，世界正沉醉着；
梦沉沉地在松下，我们许会听得
爱情的话，神明的话，辽远的话。

西茉纳，穿上你的大氅和你黑色的大木靴，
我们将像乘船似的穿过雾中去。

雪

西茉纳，雪和你的颈一样白，
西茉纳，雪和你的膝一样白。

西茉纳，你的手和雪一样冷，
西茉纳，你的心和雪一样冷。

雪只受火的一吻而消溶，
你的心只受永别的一吻而消溶。

雪含愁在松树的枝上，
你的前额含愁在你栗色的发下。

西茉纳，你的妹妹雪睡在庭中。
西茉纳，你是我的雪和我的爱。

死叶

西茉纳，到林中去吧：树叶已飘落了，
它们铺着苍苔、石头和小径。

西茉纳，你爱死叶上的步履声吗？

它们有如此柔美的颜色，如此沉着的调子，
它们在地上是如此脆弱的残片！

西茉纳，你爱死叶上的步履声吗？

它们在黄昏时有如此哀伤的神色；
当风来飘转它们时，它们如此婉转地哀鸣！

西茉纳，你爱死叶上的步履声吗？

当脚步蹂躏着它们时，它们像灵魂一样地啼哭，
它们做出振翼声和妇人衣裳的綷縩声。

西茉纳，你爱死叶上的步履声吗？

来啊：我们一朝将成为可怜的死叶，
来啊：夜已降临，而风已将我们带去了。

西茉纳，你爱死叶上的步履声吗？

河

西茉纳，河唱着一支淳朴的曲子，

来啊，我们将走到灯心草和蓬骨间去；

是正午了：人们抛下了他们的犁，

而我，我将在明耀的水中看见你的跣足。

河是鱼和花的母亲，

是树、鸟、香、色的母亲；

她给吃了谷又将飞到

一个辽远的地方去的鸟儿喝水，

她给那绿腹的青蝇喝水，

她给像船奴似的划着的水蜘蛛喝水。

河是鱼的母亲：她给它们

小虫、草、空气和臭氧气；

她给它们爱情；她给它们翼翅，

使它们追踪它们的女性的影子到天边。

河是花的母亲，虹的母亲，

一切用水和一些太阳做成的东西的母亲：

她哺养红豆草和青草，和有蜜香的

绣线菊，和毛蕊草。

它是有像鸟的茸毛的叶子的；

她哺养小麦、苜蓿和芦苇；

她哺养苎麻；她哺养亚麻；
她哺养燕麦、大麦和荞麦；

她哺养裸麦、河柳和林檎树；
她哺养垂柳和高大的白杨。

河是树木的母亲：美丽的橡树
曾用它们的脉管在她的河床中吸取清水。

河使天空肥沃：当下雨时，
那是河，她升到天上，又重降下来；

河是一个很有力又很纯洁的母亲。
河是全个自然的母亲。

西茉纳，河唱着一支淳朴的曲子，
来啊，我们将走到灯心草和蓬骨间去；
是正午了：人们抛下了他们的犁，
而我，我将在明耀的水中看见你的跣足。

园子

西莱纳，八月的园子是
芬芳、丰满而温柔的：
它有芜菁和莱菔，茄子和甜萝卜，
而在那些惨白的生菜间，
还有那病人吃的莴苣；
再远些，那是一片白菜，
我们的园子是丰满而温柔的。

豌豆沿着攀竿爬上去；
那些攀竿正像那些
穿着饰红花的绿衫子的少妇一样。
这里是蚕豆，
这里是从耶路撒冷来的葫芦。
胡葱一时都抽出来了，
又用一顶王冕装饰着自己，
我们的园子是丰满而温柔的。

周身披着花边的天门冬
结熟了它们的珊瑚的种子；
那些链花，虔诚的贞女，
已用它们的棚架做了一个花玻璃大窗，
而那些无思无虑的南瓜
在好太阳中鼓起了他们的颊；
人们闻到百里香和茴香的气味，
我们的园子是丰满而温柔的。

磨坊

西茉纳，磨坊已很古了，它的轮子
满披着青苔，在一个大洞的深处转着：
人们怕着，轮子过去，轮子转着
好像在做一个永恒的苦役。

土壤战栗着，人们好像是在汽船上，
在沉沉的夜和茫茫的海之间：
人们怕着，轮子过去，轮子转着
好像在做一个永恒的苦役。

天黑了；人们听见沉重的磨石在哭泣，
它们是比祖母更柔和更衰老：
人们怕着，轮子过去，轮子转着
好像在做一个永恒的苦役。

磨石是如此柔和、如此衰老的祖母，

一个孩子就可以拦住，一些水就可以推动：

人们怕着，轮子过去，轮子转着

好像在做一个永恒的苦役。

它们磨碎了富人和穷人的小麦，

它们亦磨碎裸麦、小麦和山麦：

人们怕着，轮子过去，轮子转着

好像在做一个永恒的苦役。

它们是和最大的使徒们一样善良，

它们做那赐福于我们又救我们的面包：

人们怕着，轮子过去，轮子转着

好像在做一个永恒的苦役。

它们养活人们和柔顺的牲口，

那些爱我们的手又为我们而死的牲口：

人们怕着，轮子过去，轮子转着

好像在做一个永恒的苦役。

它们走去，它们啼哭，它们旋转，它们呼鸣，

自从一直从前起，自从世界的创始起：

人们怕着，轮子过去，轮子转着

好像在做一个永恒的苦役。

西茉纳，磨坊已很古了：它的轮子，

满披着青苔，在一个大洞的深处转着。

教堂

西茉纳，我很愿意，夕暮的繁喧
是和孩子们唱着的赞美歌一样柔和。
幽暗的教堂正像一个老旧的邸第；
蔷薇有爱情和篆烟的沉着的香味。

我很愿意，我们将缓缓地静静地走去，
受着刈草归来的人们的敬礼；
我先去为你开了柴扉，
而狗将含愁地追望我们多时。

当你祈祷的时候，我将想到那些
筑这些墙垣，钟楼，眺台
和那座沉重得像一头负着
我们每日罪孽的重担的驮兽的大殿的人们。

想到那些锤凿拱门石的人们，

他们是又在长廊下安置一个大圣水瓶的，

想到那些花玻璃窗上绘画帝王

和一个睡在村舍中的小孩子的人们。

我将想到那些锻冶十字架、

雄鸡、门裢、门上的铁件的人们，

想到那些雕刻木头的

合手而死去的美丽的圣女的人们。

我将想到那些熔制钟的铜的人们，

在那里，人们投进一个黄金的羔羊去，

想到那些在一二一一年掘坟穴的人们：

在坟里，圣鄂克安眠着，像宝藏一样。

果树园

西茉纳，带一只柳条的篮子，
到果树园子去吧。
我们将对我们的林檎树说，
在走进果树园的时候：
林檎的时节到了，
到果树园去吧，西茉纳，
到果树园去吧。

林檎树上飞满了黄蜂，
因为林檎都已熟透了，
有一阵大的嗡嗡声
在那老林檎树的周围。
林檎树上都已结满了林檎，
到果树园去吧，西茉纳，
到果树园去吧。

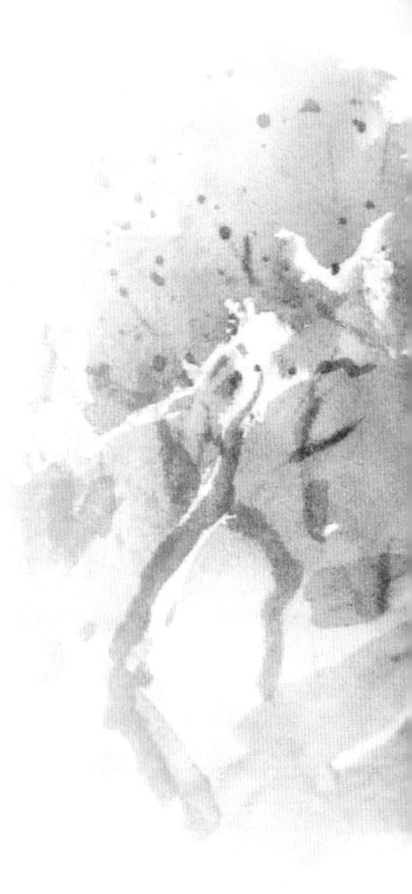

我们将采红林檎，

黄林檎和青林檎，

更采那肉已烂熟的

酿林檎酒的林檎。

林檎的时节到了，

到果树园去吧，西茉纳，

到果树园去吧。

你将有林檎的香味

在你的衫子上和你的手上，

而你的头发将充满了

秋天的温柔的芬芳。

林檎树上都已结满了林檎，

到果树园去吧，西茉纳，

到果树园去吧。

西茉纳，你将是我的果树园
和我的林檎树；
西茉纳，赶开了黄蜂
从你的心和我的果树园。
林檎的时节到了，
到果树园去吧，西茉纳，
到果树园去吧。

其他经典译诗选录

夜

［俄罗斯］普希金

我的声音，对于你又颓唐，又欢喜，

搅扰了暗夜的沉寂。

一支孤烛悲哀地在我旁边燃烧；

我的诗流动，消隐，音响如潮。

这些爱的溪流如此拥着你流，

在黑暗中，你的眼睛幻异地向我引诱，

它们向我微笑，我又听到您神圣的声音，

“朋友……温柔的朋友……我爱……我属于您

……属于您……”

夜莺

［俄罗斯］普希金

春天里，当安静的公园披上了夜网，
东方的夜莺徒然向玫瑰花歌唱：
玫瑰花没有答复，几小时的夜沉沉，
爱的颂歌不能把花后惊醒。
你的歌，诗人啊，也这样徒然地唱歌，
不能在冷冰冰的美人心里唤起欢乐哀伤，
她的绚丽震惊你，你的心充满了惊奇，
可是，她的心依然寒冷没有生机。

我离开了家园

［俄罗斯］叶赛宁

我离开了家园，

我抛下了青色的俄罗斯。

像三颗火星一般，池上的赤杨

燃烧着我的老母的悲哀。

像一只金蛇似的，

月亮躺在静水上；

像林檎花一般地，

白毛散播在父亲的须上。

我不会那么早地回来，
疾风将长久地歌唱，响鸣，
唯有一只脚的老枫树，
守着青色的俄罗斯吧！

我知道它里面有快乐
给那些吻树叶的雨的人们，
因为这棵老枫树，
它的头是像我的。

最后的弥撒

[俄罗斯]叶赛宁

我是最后的田园诗人，

在我的歌中，木桥是卑微的。

我参与着挥着香炉的

赤杨的最后的弥撒。

脂蜡的大蜡烛

将发着金焰烧尽，

而月的木钟，

将喘出了我的十二时。

在青色的阡陌间

铁的生客不久要经过，

一只铁腕行将收拾了
黎明所播的麦穗。

陌生而无感觉的手掌，
这些歌是不能和你一起存在的，
只有那些麦穗马
会怅惜它们的主人。

微风将舞着丧舞
而吸收了它们的嘶声。
不久，不久，那木钟
将喘出我的十二时。

母牛

［俄罗斯］叶赛宁

很衰老，掉了牙齿，

角上是年岁的轮，

粗暴的牧人鞭策它

从一个牧场牵它到另一个牧场。

它的心对于呼叱的声音毫无感动，

土鼠在一隅爬着，

可是它却凄然缅想

那白蹄的小牛。

人们没有把孩子剩给母亲，

它没有享受到第一次的欢乐

在赤杨下的一根杆子上，
风飘荡着它的皮。

而不久在裸麦田中，
它将有和它的儿子同样的命运，
人们将用绳子套在颈上
牵它到宰牛场中去。
可怜地，悲哀地，凄惨地，
角将没到泥土中去……
它梦着白色的丛林
和肥美的牧场。

启程

［俄罗斯］叶赛宁

啊，我的有耐心的母亲啊，

明天早点唤醒我，

我将上路到山后面

去欢迎那客人。

我今天在林中草地

看见了巨大的轮迹，

在密集着云的森林中

风披拂着它的金马衣。

明天黎明它将疾驰而过，

把月帽压到林梢，

而在平原上，牝马玩着，

挥动它红色的尾巴。

明天，早点唤醒我，

在我们的房内点亮了灯：

别人说我不久将成为

一位著名的俄罗斯诗人。

那时我将歌唱你，以及客人，

以及炉、雄鸡和屋子，

而我的歌中将流着

你的赭色的母牛的乳。

瓦上长天

［法］魏尔伦

瓦上长天
柔复青！
瓦上高树
摇娉婷。

天上鸣铃
幽复清。
树间小鸟
啼怨声。

上帝啊，上界生涯

温复淳。

低城飘下

太平音。

——你来何事

泪飘零，

如何消尽

好青春？

泪珠飘落萦心曲

［法］魏尔伦

泪珠飘落萦心曲，

迷茫如雨蒙华屋；

何事又离愁，

凝思幽复幽。

霏霏窗外雨；

滴滴淋街宇；

似为我忧心，

低吟凄楚声。

泪珠飘落知何以？
忧思婉转凝胸际：
嫌厌未曾栽，
心烦无故来。

沉沉多怨虑，
不识愁何处；
无爱亦无憎，
微心争不宁？

屋子会充满了蔷薇

［法］耶麦

屋子会充满了蔷薇和黄蜂，

在午后，人们会在那儿听到晚祷声，

而那些颜色像透明的宝石的葡萄

似乎会在太阳下舒徐的幽荫中睡觉。

我在那儿会多么地爱你！我给你我整个的心，

（它是二十四岁）和我的善讽的心灵，

我的骄傲，我的白蔷薇的诗也不例外；

然而我却不认得你，你是并不存在，

我只知道，如果你是活着的，

如果你是像我一样地在牧场深处，

我们便会欢笑着接吻，在金色的蜂群下，

在凉爽的溪流边，在浓密的树叶下。

我们只会听到太阳的暑热。

在你的耳上，你会有胡桃树的阴影，

随后我们会停止了笑，密合我们的嘴，

来说那人们不能说的我们的爱情；

于是我会找到了，在你的嘴唇的胭脂色上，

金色的葡萄的味，红蔷薇的味，蜂儿的味。

附录

望舒草·序

望舒在未出国之前曾经教我替他的《望舒草》写一篇序文，我当时没有想到写这篇序文的难处，也就模模糊糊地答应了，一向没有动笔是不用说。这期间，望舒曾经把诗稿全部随身带到国外，又从国外相当删改了一些寄回来，屈指一算，足足有一年的时间轻快地过去了。望舒为诗，有时苦思终日，不名只字，有时诗思一到，摇笔可成，我却素来惯于机械式地写克期交卷的文章。只有这一回，《望舒草》出版在即，催迫得我不能不把一年前许下的愿心来还清的时候，却还经过几天的踟蹰都不敢下笔。我一时只想起了望舒诗里有过这样的句子：

> 假如有人问我烦忧的缘故，
> 我不敢说出你的名字，
>
> ——《烦忧》

因而他的诗是

> 由真实经过想象而出来的，不单是真实，亦不单是想象。
>
> ——《零札》十四

他这样谨慎着把他的诗作里的“真实”巧妙地隐藏在“想象”的屏障里。假如说，这篇序文的目的是在于使读者更深一步地了解我们的作者，那么作者所不“敢”说的真实，要是连写序文的人自己都未能参详，固然无从说起，即使有幸地因朋友关系而知道一二，也何尝敢于道作者所不敢道？写这篇序文的精力大概不免要白费吧。

可是，“不单是真实，亦不单是想象”，这句话倒的确是望舒诗的唯一的真实了。它包含着望舒整个作诗的态度，以及对于诗的见解。抱这种见解的，在近年来国内诗坛上很难找到类似的例子。它差不多成为一个特点。这一个特点，是从望舒开始写诗的时候起，一贯地发展下来的。

记得他开始写新诗大概是在一九二二到一九二四那两年之间。在年轻的时候谁都是诗人，那时候朋友们做这种尝试的，也不单是望舒一个，还有蛰存，还有我自己。那时候，我们差不多把诗当做另外一种人生，一种不敢轻易公开于俗世的人生。我们可以说是偷偷地写着，秘不示人，三个人偶尔交换一看，也不愿对方当面高声朗诵，而且往往很吝惜地立刻就收回去。一个人在梦里泄露自己的潜意识，在诗作里泄露隐秘的灵魂，然而也只是像梦一般的朦胧的。从这种情境，我们体味到诗是一种吞吞吐吐的东西，它的动机是在于表现自己与隐藏自己之间。

望舒至今还是这样。他厌恶别人当面翻阅他的诗集，让人把自己的作品拿到大庭广众之下去宣读更是办不到。这种癖性也许会妨碍他，使他不可能做成什么“未冠的月桂诗人”，然而这正是望舒。

当时通行着一种自我表现的说法，作诗通行狂叫，通行直说，以坦白奔放为标榜。我们对于这种倾向私心里反叛着。记得有一次，记不清是跟蛰存还是跟望舒，还是跟旁的朋友谈起，说诗如果真是赤裸裸的本能的流露，那么野猫叫春应该算是最好的诗了。我们相顾一笑，初不以这话为郑重，然而过后一想，倒也并不是完全没有道理的。

在写诗的态度方面，我们很早就跟望舒日后才凝固下来的见解隐隐相合了，但是形式方面，却是一个完全的背驰。望舒日后虽然主张：

> 诗不能借重音乐。
>
> 诗的韵律不在字的抑扬顿挫上。
>
> 韵和整齐的字句会妨碍诗情，或使诗情成为畸形的。
>
> ——《零札》一、五、七

可是在当时我们却谁都一样，一致地追求着音律的美，努力使新诗成为跟旧诗一样地可“吟”的东西。押韵是当然的，甚至还讲究平仄声。譬如，随便举个例来说，“灿烂的樱花丛里”这几个字可以剖为三节，每节的后一字，即“烂”字，“花”字，“里”字，应该平仄相间才能上口，“的”字是可以不算在内的，它的性质跟曲子里所谓“衬”字完全一样。这是我们的韵律之大概，谁都极少触犯；偶一触犯，即如把前举例子里的“丛里”的“里”改成“中”字，则几个同声字连在一起，就认为不能“吟”了。

望舒在这时期内的作品曾经在他的第一个集子《我的记忆》中题名为《旧锦囊》的那一辑里选存了一部分；这次《望舒草》编定，却因为跟全集形式上不调和的缘故，（也可以说是跟他后来的主张不适合的缘故，）而完全删去。实际上，他在那个时候所作，倒也并不全然没有被保留的价值的。

固定着一个样式写，习久生厌；而且我们也的确感觉到刻意求音节的美，有时候倒还不如老实地去吟旧诗。我个人写诗的兴致渐渐地淡下去，蛰存也非常少作，只有望舒却还继续辛苦地寻求着，并且试验着各种新的形式。这些作品有一部分随写随废，也许连望舒自己都没有保留下来；这是保留的一部分，也因为是别体而从来未经编集。

一九二五到一九二六年，望舒学习法文；他直接地读了 Verlaine，Fort，Gourmont，Jammes 诸人的作品，而这些人的作品当然也影响他。本来，他所看到而且曾经爱好过的诗派也不单是法国的象征诗人；而象征诗人之所以会对他有特殊的吸引力，却可说是为了那种特殊的手法恰巧合乎他的既不是隐藏自己，也不是表现自己的那种写诗的动机的缘故。同时，象征派的独特的音节也曾使他感到莫大的兴味，使他以后不再斤斤于被中国旧诗词所笼罩住的平仄韵律的推敲。

我个人也可以算是象征诗派的爱好者，可是我非常不喜欢这一派里几位带神秘意味的作家，不喜欢叫人不得不说一声“看不懂”的作品。我觉得，没有真挚的感情做骨子，仅仅是官能的游戏，像这样地写诗也实在是走了使艺术堕落的一条路。在望舒之前，也有人把象征派那种作风搬到中国的诗坛上来，然而搬来的却正是“神秘”，是“看不懂”那些我以为是要不得的成分。望舒的意见虽然没有像我这样绝端，然而他也以为从中国那时所有的象征诗人身上是无论如何也看不出这一派诗风的优秀来的。因而他自己为诗便力矫此弊，不把对形式的重视放在内容之上；他的这种态度自始至终都没有变动过。他的诗，曾经有一位远北京（现在当然该说是北平）的朋友说，是象征派的形式，古典派的内容。这样的说法固然容有太过，然而细阅望舒的作品，很少架空的感情，铺张而不虚伪，华美而有法度，倒的确走的诗歌的正路。

那个时期内最显著的作品便是使望舒的诗作第一次被世人所知道的《雨巷》。

说起《雨巷》，我们是很不容易把叶圣陶先生的奖掖忘记的。《雨巷》写成后差不多有年，在圣陶先生代理编辑《小说月报》的时候，望舒才忽然想起把它投寄出去。圣陶先生一看到这首诗就有信来，称许他替新诗的音节开了一个新的纪元。这封信，大概望舒自己至今还保留着，我现在却没有可能直接引用了。圣陶先生的有力推荐使望舒得到了“雨巷诗人”这称号，一直到现在。

然而，我们自己几个比较接近的朋友却并不对这首《雨巷》有什么特殊的意见；等到知道了圣陶先生特别赏识这一篇之后，似乎才发现了一些以前所未曾发现的好处来。就是望舒自己，对《雨巷》也没有像对比较迟一点的作品那样地珍惜。望舒自己不喜欢《雨巷》的原因比较简单，就是他在写成《雨巷》的时候，已经开始对诗歌的他所谓“音乐的成分”勇敢地反叛了。

人往往会同时走着两条绝对背驰的道路：一方面正努力从旧的圈套脱逃出来，而一方面又拼命把自己挤进新的圈套，原因是没有发现那新的东西也是一个圈套。

望舒在诗歌的写作上差不多已经把头钻到一个新的圈套里去了，然而他见得到，而且来得及把已经钻进去的头缩回来。一九二七年夏某月，望舒和我都蛰居家乡，那时候大概《雨巷》写成还不久，有一天他突然兴致勃发地拿了张原稿给我看，“你瞧我的杰作，”他这样说。我当下就读了这首诗，读后感到非常新鲜；在那里，字句的节奏已经完全被情绪的节奏所替代，竟使我有点不敢相信是写了《雨巷》之后不久的望舒所作。只在几个月以前，他还在“彷徨”“惆怅”“迷茫”那样地凑韵脚，现在他是有勇气写“它的拜访是没有一定的”那样自由的诗句了。他所给我看的那首诗的题名便是《我的记忆》。

从这首诗起，望舒可说是在无数的歧途中间找到了一条浩浩荡荡的大路，而且这样地完成了

为自己制最合自己脚的鞋子

——《零札》七

的工作。为了这个缘故，望舒第一次出集子即命曰《我的记忆》，这一回重编诗集，也把它放在头上，而属于前一个时期的《雨巷》等篇却也像《旧锦囊》那一辑一样地全部删掉了。

这以后，只除了格调一天比一天苍老，沉着，一方面又渐次地能够开径自行，摆脱下许多外来的影响之外，我们便很难说望舒的诗作还有什么重大的改变；即使有，那也不再是属于形式的问题。我们就是说，望舒的作风从《我的记忆》这一首诗而固定，也未始不可的。

正当艺术上的修养时期初次告一段落的时候，每一个青年人所逃不了的生活纠纷便开始蜂拥而来。从一九二七到一九三二出国为止的这整整五年之间，望舒个人的遭遇可说是比较复杂的。做人的苦恼，特别是在这个时代做中国人的苦恼，并非从养尊处优的环境里成长的望舒，当然事事遭到，然而这一切，却决不是虽然有时候学着世故而终于不能随俗的望舒所能应付。五年的奔走、挣扎，当然尽是些徒劳的奔走和挣扎，只替他换来了一颗空洞的心；此外，我们差不多可以说他是什么也没有得到的。再不然，那么这部《望舒草》便要算是最大的获得了吧。

在苦难和不幸的中间，望舒始终没有抛下的就是写诗这件事情。这差不多是他灵魂的苏息，净化。从乌烟瘴气的现实社会中逃避过来，低低地念着

> 我是比天风更轻，更轻，
>
> 是你永远追随不到的。
>
> ——《林下的小语》

这样的句子，想象自己是世俗的网所网罗不到的，而借此以忘记。诗对于望舒差不多已经成了这样的作用。

前面刚说过，五年的挣扎只替望舒换来了一颗空洞的心，他的作品里充满着虚无的色彩，也是无须乎我们来替他讳言的。本来，像我们这年岁的稍稍敏感的人，差不多谁都感到时代的重压在自己的肩膀上，因而呐喊或是因而幻灭，分析到最后，也无非是同一

个根源。我们谁都是一样的，我们的心里谁都有一些虚无主义的种子；而望舒，他的独特的环境和遭遇，却正给予了这种子以极适当的栽培。

在《我的记忆》写成的前后，我们看到望舒还不是绝望的。他虽像一位预言家似的料想着生命不像会有什“花儿果儿”，可是他到底还希望着

> 这今日的悲哀，
> 会变作来朝的欢快，
>
> ——《旧锦囊：可知》

而有时候也的确以为

> 在死叶上的希望又醒了。
>
> ——《雨巷：不要这样盈盈地相看》

他是还不至于弄到厌弃这充满了“半边头风”和“不眠之夜”的尘世，而

> 渴望着回返

到那个天，到那个如此青的天，

——《对于天的怀乡病》

的程度。不幸一切希望都是欺骗，望舒是渐次地发觉得了。终于，连那个无可奈何的对于天的希望也动摇起来，而且就是像很轻很轻的追随不到的天风似的飘着也是令人疲倦的。我们如果翻到这本大体是照写作先后排列的集子的最后，翻到那首差不多灌注着作者的整个灵魂的《乐园鸟》，便会有怎样一幅绝望的情景显在我们眼前！在这小小的五节诗里，望舒是把几年前这样渴望着回返去的“那个如此青的天”也怀疑了，而发出

自从亚当、夏娃被逐后，

那天上的花园已荒芜到怎样了？

的问题来。而这问题谁又能回答呢？

从《乐园鸟》之后，望舒直到现在都没有写过一首诗。像这样长期的空白，从望舒开始写诗的时候起一直到现在都不曾有过。以后，望舒什么时候能够再

写诗是谁也不能猜度的：如果写，写出怎样一种倾向的东西来也无从得知。不过这一点是很明确的：像这样的写诗法，对望舒自己差不多不再是一种慰藉，而也成为苦痛了。这本来是生在这个时代的每一个诚恳的人的命运，我们也不必独独替望舒惋惜。

《望舒草》在这个时候编成，原是再适当不过的；它是搜集了《我的记忆》以下以迄今日的诗作的全部，凡四十一篇，末附以诗论零札十七条，这是蛰存从望舒的手册里抄下来的一些断片，给发表在《现代》二卷一期“创作特大号”上的。至于这篇序文，写成后却未经望舒寓目就要赶忙付排，草率之处，不知亲切的读者跟望舒自己肯原谅否。挥汗写成，我心里还这样惴惴着。

一九三三年盛夏　杜衡